中國文學研究（文學雜論篇）

……法、要價值！

……時代文學的看法與研究建議

許多人錯把鑑賞當研究，前者沒有嚴謹的考察觀照？
充滿理想抱負的武俠小說，卻使社會變得烏煙瘴氣？
為了挖人隱私而寫書，譴責小說家踐踏了作家尊嚴？

鄭振鐸——著

當古典文學逐漸退場，現代文學正蓬勃發展，
文學家們應該做出改變，才能帶給國家真正的貢獻！

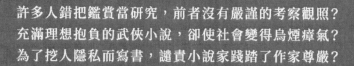

目錄

目錄

◆小說月報中國文學研究號卷頭語

古時有兩個武士相遇於一株大樹之下。一個武士開口道：「你看見樹上掛的那面盾麼？」別一個武士答道：「看見的，那是銀的盾。」前一個武士說道：「不，不，你錯了，這盾是金的。」後一個叫道：「不，不，錯的是你，明明白白是銀的。」這二人始而鬥口，繼而各拔出刀來，為他們所信的真理而戰，結果各受了不很輕的傷，倒在地上不能動彈。但當他們倒下時，機會使他們見了這盾的真相，原來是一面金，一面銀的。他們各只見了盾的一面，卻自以為自己是對，別人是錯，枉自鬥了一場，受了重傷。

近來為中國文學而爭論的先生們，不有類於這兩個武士麼？有的說，中國文學是如何如何的美好、高超，那一國的作品有我們的這麼精瑩。有的說，我們的都是有毒的東西，會阻礙進步的，那裡比得上人家，最好是一束一束的把他們倒在垃圾堆中。他們真的還沒有見到這面盾的真相。這面盾原是比之武士們所見的金銀盾，構成的成分更複雜，而且更具有種種迷人的色彩與圖案的。

卷頭語

這是我們的區區願望，要在這裡，就力之所能及的範圍內，把這面盾的真相顯示給大家。我們的能力不大充裕，也許不能完全達到我們的願望，也許要把它的小斑點，它的圖案的一勾一勒遺漏了，或看錯了。然而我們相信，我們對於這面盾的全體圖案與構造與色彩是不會有什麼看錯了的地方。

這是一個初步的工作，這是艱難而且偉大的工作。我們的只是一個引子，底下的大文章，當然不是我們這幾個人所能以一手一足之能力寫成了的。

研究中國文學的新途徑

一　鑑賞與研究

濃密的綠蔭底下，放了一張藤榻，一個不衫不履的文人，倚在榻上，微聲的咿唔著一部詩集，那也許是《李太白集》，那也許是《王右丞集》，看得被沉浸在詩的美境中了；頭上的太陽的小金光，從小葉片的間隙中向下睒眼窺望著，微颸輕輕地由他身旁呼的一聲溜了過去，他都不覺得。他受感動，他受感動得自然而然的生了一種說不出的靈感，一種至高無上的靈感，他在心底輕輕嘆了一口氣道：「真好呀，太白這首詩！」於是他反覆的諷吟著。如此的可算是在研究李太白或王右丞麼？不，那是鑑賞，不是研究。

膩膩的美饌，甜甜的美酒，晶亮的燈光，喧譁的談聲，那幾位朋友，對於文藝特別有興趣的朋友，在談著，在辯論著，直到了酒闌燈炧，有幾個已經是被阿爾科爾醉得連舌根都木強了，卻還捧著茉莉花茶，一口一口的喝，強勉的打疊起精神，絮絮的訴說著。

「誰曾得到老杜的神髓過？他是千古一人而已。」一個說。

一　鑑賞與研究

「杜詩還有規矩繩墨可見，太白的詩，才是天馬行空，無人能及得到他。所以倡言學杜者多，說自己學太白的卻沒有一個。」鄰座的說。

這樣的，可以說是在研究文學麼？不，那不過鑑賞而已，不是研究。

斗室孤燈，一個學者危坐在他的書桌上，手裡執的是一管硃筆，細細的在一本攤於桌上的書上加注。時時的誦著，複誦著，時時的仰起頭來呆望著天花板，或由窗中望著室外，蔚藍的夜天，鑲滿了熠熠的星。蟲聲在階下唧唧的鳴著，月華由東方升起，庭中滿是花影樹影。那美的夜景，也不能把這個學者由他斗室內誘惑出去。他低吟道：「寒隨窮律變，春逐鳥聲開」，隨即用硃筆在書上批道：「妙語在一開字」，又在「開」字旁圈了兩個朱圈。再看下去，是一首〈詠蟬〉的絕句，他在「居高聲自遠，非是借秋風」二句旁，密密的圈了十個圈，又在詩後注道：「於清物當說得如此。」

這不可以算是研究麼？不，這也不過是鑑賞而已，不是研究。

別有一間書室，一個學者在如豆的燈光之下，辛勤的著作著。他搜求古舊的意見而加以駁詰或讚許或補正。他蒐集這個詩人，那個詩人的軼事，搜求關於這首詩，那首詩的掌故，他又從他的記憶中，寫出他的師友的詩稿，而加以關於他們的交誼及某一種的感慨的話語。他一天一天的如此著作著，於是他成了一部書；那書名也許叫做某某齋詩話，也許叫做某某軒雜識。

這不可以算是研究麼？不，這還是鑑賞，不是研究。

原來鑑賞與研究之間，有一個深嶄的鴻溝隔著。鑑賞是隨意的評論與談話，心底的讚嘆與直覺的評論，研究卻非有一種原原本本的仔仔細細的考察與觀照不可。鑑賞者是一個遊園的遊人，他隨意的逛過，稱心稱意的在賞花評草，研究者卻是一個植物學家，他不是為自己的娛樂而去遊逛名囿，觀賞名花的，他的要務乃在考察這花的科屬、性質，與開花結果的時期與形態。鑑賞者是一個避暑的旅客，他到山中來，是為了自己的舒適，他見一塊懸岩，他見一塊奇石，他見一泓清泉，都以同一的好奇的讚賞的眼光去對待它們。研究者卻是一個地質學家，他要的是：考察出這山的地形，這山的構成，這岩這石的類屬與分析，這地層的年代等等。鑑賞者可以隨心所欲的說這首詩好，說那部小說是劣下的。說這句話說得如何的漂亮，說這一個字用得如何的新奇與恰當；也許第二個鑑賞者要整個的駁翻了他也難說。研究者卻不能隨隨便便的說話；他要先經過嚴密的考察與研究，才能下一個定論，才能有一個意見。譬如有人說，《西遊記》是邱處機做的，他便去找去考，終於找出關於邱處機的《西遊記》乃是《長春真人西遊記》，並不是敘說三藏取經、大聖鬧天宮的《西遊記》。那末，這部《西遊記》是誰做的呢？於是他便再進一步，在某書某書中找出許多旁證，證明這部《西遊記》乃是吳承恩做的，於是再進一步，而研究吳承恩的時代，生平與他的思想及著作。於是乃下一個定論道：「今本《西遊記》是某時的一個吳承恩做的。」這個定論便成了一個確切不移的定論。這便是研究！

文學的自身是人的情緒的產物，文學作家大半是富於想像的浪漫的人物；文學研究者卻是一個不同樣的人，他是要以冷靜的考察去尋求真理的。所謂文學研究，也與作詩作劇不同。它乃是文學之科學的研究。

二　未經墾殖的大荒原

中國曾被稱為文學之國。她的文學史的時期可也真長，幾乎沒有一國可以比得上。希臘的文學是死了，羅馬的文學也隨了羅馬的衰落與滅亡而中斷了，希伯萊、波斯、埃及、印度的文學也都早已和國運的夕陽一同沉沒入於黑暗的西方去了，近代歐洲的諸國，他們的文學史又都是很短很短的，最長的不過起於中世紀，那時我們卻正是唐詩宋詞元曲將他們的最眩目的金光四射於地平上的時候；最短的不過一世紀，那時我們是在嘉道時代，在中國文學史上乃算是最近期。中國文學的寶庫可也真繁富。她那裡有無數的大作家，有無數的大作品，還有無數不可指名的珠璣與寶石。

然而在這樣的一個文學之國，有這樣長的文學歷史，具著這末繁富的文學作品的之中，我們卻很詫異的著出她的文學之研究之絕不發達；文學之研究，在中國乃像一株蓋在天幕下生長的花樹，萎黃而無生氣。所謂文史類的著作，發達得原不算不早；陸機的〈文賦〉，開研究之端，劉勰的《文心雕龍》與鍾嶸的《詩品》，繼之而大暢其流。然而這不過是曇花一現。雖然後來詩話文話之作，代有其人；何文煥的《歷代詩話》載梁至明之作凡二十七種，丁氏的《續歷代詩話》，所載又二十八種，《清詩話》所載，又四十四種；然這些將近百種的詩話，大都不過是隨筆漫談的鑑賞話而已，說不上是研究，更不必說是有一篇二篇堅實的大著作。《四庫全書總目提要》曾將詩文評（即「文史」）分為五類：

(一)究文體之源流而評其工拙者——《文心雕龍》。

(二)第作者之甲乙而溯厥師承者——《詩品》。

(三)備陳法律者——皎然《詩式》。

(四)旁採故事者——孟棨《本事詩》。

(五)體兼說部者——劉攽《中山詩話》、歐陽脩《六一詩話》。

除了第一，第二兩類之著作以外，其餘的都不過是瑣碎的記載與文法的討論而已（像第一第二兩類的著作卻僅有草創的《文心雕龍》與《詩品》二種）。間有單篇論文，敘述古文或駢文之源流，敘述某某詩派，某某文社之沿革，或討論某個文學問題的，或討論什麼文章之得失的。然卻是太簡單了，不成為著作。明之末年，有金喟一派的批評家出來，頗換去了傳統的腐氣，而易以新鮮的批評式樣，可惜他們的途徑又走錯了；

他們不遵正途大道走，而又與前人一樣，被誘惑入邪僻的羊腸鳥道中去。金喟表章《水滸》，表章《西廂》，把平常人看不起的小說戲曲，從無量數的詛咒鄙夷的磚石堆中掏挑選出來，其功不可謂不大。然他卻不去探求他所表章的大著作《水滸》與《西廂》的思想與藝術的真價，及其作品的來歷與構成，或其影響及作家，而乃沾然於句評字注；例如，他於「認得是獵戶摽兔李吉」（《水滸傳》）之下注道：「筆勢忽振忽落」，於「只見那個人」下注道：「妙，李小二眼中事。」接著的「將出一兩銀子與李小二道：『且收放櫃上，取三四瓶好酒來。客到時，果品酒饌，只顧將來，不必要問』」下，又注道：「分付得作怪。」諸如此類，全書皆是。這當然是學步鍾惺諸人批詩評文的辦法，而全書卻被他句分字解；有類於體骸一節一節被拆開了，更有類於一刀刀的把書本的肉都零碎的割下了。《水滸》、《西廂》何罪，乃受此種凌遲析骸之極刑！這一派勢力頗不小。也有了不少書受到了這個無妄之災。這是很不幸的，金喟有帶領了大眾走研究的正軌的可能，他卻反把他們帶入「牛角尖裡」去了。

統而言之，自〈文賦〉起，到了最近止，中國文學的研究，簡直沒有上過研究的正軌過。關於作品的研究，一向是以鑑賞的漫談的或逐句評註的態度去對待它的，無論它是二十字的五言絕詩也好，長至百十萬字的小說也好。關於作家的研究，除了「年譜」一類的著作，詳述其祖先，其生平，其交遊的人物，其作品的年代，可以作為研究的最好的參考資料外，其餘便再沒有一種東西可以算是「研究」的了。關於一個時代的文學或一種文體的研究，卻更為寂寞：沒有見過一部有系統的著作，講到中世紀的文學的，或講到某某時代的；也沒有見過一部作品，曾原原本本的研究著「詞」或「詩」或「小說」的起原與歷史的。至於統括全部歷史的文學史的研究，卻大家都不曾夢見，近來雖有幾部名為「中國文學史」的東西，乃是很近代的事，且鈔的是日本人的東西。

我們應該有不少部關於作品研究的東西。例如關於《水滸傳》，至少要有一部《水滸傳》之形成，一部《水滸傳》及其續書，一部《水滸傳》之思想與其影響等等；這幾個題目，每一個都可以成功一個巨冊。至於如《文選》，如《樂府詩集》，如《西遊記》，如《牡丹亭》，如《桃花扇》，如《四聲猿》等等，那樣重要的巨作，無一種無不需要多方面的專門研究。至於那些古舊的《紅樓夢索隱》、《西遊真詮》、《水滸評釋》之類，卻都是可棄的廢材。

我們應該有不少部關於作家研究的著作。例如，關於杜甫，至少要有一部杜甫傳，一部杜甫的時代及其作品，一部杜甫的作品及其影響，一部杜甫及其詩派，一部杜甫的思想，一部杜甫的敘事詩等等；此外，至少還有百個以上大作家，需要特殊的研究的；這些研究，每一個又都可各成一巨冊。至於那些古舊的《陶淵明年譜》、《李義山年譜》、《東坡先生年譜》之類，只可作為研究的參考資料，卻不能即算作一種專門研究的結果。

我們應該有不少部關於一個時代之研究的著作。每一個重要的文學時代，都要有各種的特殊研究；例如關於五代至少要有一部五代文學的鳥瞰，一部五代花間派的詞人，一部南唐二主及其所屬詞臣，一部蜀中文士等等，這些東西也都是每一部便要成為一巨冊或至三四巨冊的。

我們應該有不少部關於每一種文體之研究的著作。例如關於戲曲，至少要有一部戲劇史，一部戲劇概論，一部演劇史，一部中國舞臺之構造與聽眾，一部傳奇的研究，一部皮黃戲之沿革與歌者，一部崑曲興衰史，一部臉譜及衣飾之變遷等等；這些著作也都是不能以很小的卷帙裝載之的。至於那些以前的無數詩話，詞話，四六話，曲話之類，都只好作為極粗製的研究原料，卻全不是所謂研究成熟的工作。

我們還應該有不少部綜敘全部中國文學之發展的文學史，或詳的，或略的，或為學者的研究結果，具有不少獨特之創見的，或為極詳明的集合前人各種特殊研究之結果，而以大力量融合而為一的，或為極精細的搜輯不少粗製的材料而成為浩大的工程的，或疏疏朗朗的以流麗可愛的技術而寫作出來的。

此外，我們還應該有不少部關於中國文學的辭書，類書，百科全書，還應該有不少部關於她的參考書目，研究指導，等等。

這一切應該有的東西，我們都沒有！

二　未經墾殖的大荒原

中國文學真是一片絕大的荒原，絕大的膏沃之土地，向未經過墾殖的，雖有幾個寥寥可數的農夫，從前曾一度播種過一小方地的種子，然其遺蹟卻早已泯滅於蓬蒿蔓草中了，雖有幾個寥寥可數的農夫，在如今正奮起著肩了犁耙去墾種，然他們是如此寥寥的幾個，那裡能把這絕大的荒原墾殖遍？

每個人都有在這個大沃原中自由墾殖的可能，無論他要多少田地都可以，只要他對於這個農事有興趣，肯下苦功去割除野草，播植種子。

我曾見一幅〈秋郊試馬圖〉，畫的是一個天朗氣清的清晨，四野靜穆無比，有人膝那末高的野草，正為晨風所吹而偃倒下去，獨在這郊原上的是一個騎在一匹駿馬上的少年；他愉悅著，躊躇著，正控著馬轠，欲發未發的打算在這大平原上任意的馳騁。真的，我見了這畫，不自禁的也起了躍躍欲試的野心，雖然從沒有學過馳馬。

這大荒原似的中國文學的氣象，正是一幅〈秋郊試馬圖〉，誰見了，能不興了要在那裡自由的騁跑，隨意的奔馳的雄心麼？

三　研究的新途徑

但農夫卻也不易為。他要去墾殖，便要先有鐮刀去割除野草，再有犁耙去掘鬆泥土；這就是說他要有耕田的工具。如果他赤手空拳的跑去耕種，即使他有熱烈的心，堅勤的意志，也只好眼睜睜的立在那裡乾著急的望著而無從下手。同樣的，我們對於中國文學的研究，如果沒有鐮刀與犁耙，那便無從動手。舊的研究，原是無結果的無方法的，正像赤手空拳一樣。我們現在如果要研究，便先要執了鐮刀與犁耙去，換一句話說，便是要有研究的新途徑與新觀念。

我們要走新路，先要經過接連著的兩段大路；一段路叫做「歸納的考察」，一段路叫做「進化的觀念」。這兩段大路是無論什麼人，只要他是一個研究者都要走的「必由之路」，沒有捷途，也沒有旁道、支徑可以跨越過它們的。所謂墾殖的犁耙與鐮刀，也便是它們。原來這兩個主要的觀念，歸納的考察與進化，乃是近代思想發達之主因，雖然以前文學上很少的應用到他們，然而現在卻已成為文學研究者所必須具有的觀念了。

四 歸納的考察

自歸納的考察方法創立後，「無徵不信」便成了諸種學者的一個信條。他們懷疑，他們虛心的去考察，直等到有了種種的證據，充分的足以證明某一個東西的真相是如此時，他們才肯宣言道：某件東西的真相是如此如此。牛頓（I. Newton）之發明萬有引力說，達爾文（Darwin）之著《物種由來》與《人類起源》二大著作，都是經過了千辛萬苦，蒐集了種種的證據，而把他們歸納了起來，才得到了一個結果的。

文學的研究之應用到歸納的考察，是在一切的科學之後。有了這樣的研究方法與觀念，便再不能逞臆的漫談，不能使性的評論了，凡要下一個定論，凡要研究到一個結果，在其前，必先要在心中千迴百折的自喊道：「拿證據來！」

等到證據蒐羅得完備了，等到把這些證據或材料歸納得有一個結果了，於是他的定論才可告成立，他的研究才可告終結。所以他們不輕信，他們信的便是真實的證據；他們不輕下定論，他們下的定論便是集合了許多證據的歸納的結果。例如，關於李白的死的問題，或以為病死於當塗，或以為是喝醉了酒，欲去江中捉月而落水溺死的。那一說是對的呢？於是我們去蒐羅許多關於他死的記載，關於他晚年的生活與遊蹤的記載，關於他的墓所在地的記載，然後再去分別出這些記載那些是最靠得住的，那些是其次的，那些是完全虛妄的，出於想像的。於是，再把可靠的材料歸納了起來，便可以得到一個結論，得到關於李白之死的正確記載了。

又如，關於《續金瓶梅》的作者，據原題是紫陽道人編。這紫陽道人到底是誰呢？原書的篇首曾有一篇〈太上感應篇陰陽無字解〉，署著「魯諸邑丁耀亢參解」。在全書中處處都可見出作者的見解，與丁氏的有異常相同之處。於是我們猜想，「所謂紫陽道人者，大約是丁氏的筆名吧。」於是我們再翻檢原書，到了第六十二回，其中偶然的有一句話說，「丁野鶴自稱紫陽道人」，耀亢的別號恰是野鶴，有了這一個強有力的據證，便可以生出一個結論：「《續金瓶梅》的作者是一個名耀亢，字野鶴，筆名紫陽道人的丁氏。」

沒有人能夠推翻這個確切的決定，除非他有了別的什麼更有力更重要的證據。

研究《紅樓夢》的人真不少，以致「紅學」成了一個專門的名詞；一派說賈寶玉是清世祖，林黛玉是董小宛，又一派說《紅樓夢》是一部清康熙時的政治小說，林黛玉是朱彝尊，薛寶釵是高士奇，而寶玉則指廢太子。再有一派卻說賈寶玉就是納蘭容若，《紅樓夢》敘的是明珠家事。但他們這些話都不過是牽強附會的話。他們把路走錯了，走入荊棘中了，所以他們的研究成了如猜謎似的戲舉。有人在《紅樓夢考證》用的卻是比較新的方法，是歸納的研究方法，首先把著者是誰的問題解決了。既知曹雪芹是《紅樓夢》的作者，於是又進而研究曹雪芹的家世及生平。既知他是曹寅的孫子，家業很繁盛，到了他的後半生很窮苦；於是與《紅樓夢》中所記的事蹟細細的對照一下，便可知道他備記的「風月繁華之盛」，乃是他所身歷的，回首當年，作者真不禁要「灑一把辛酸淚」。《紅樓夢》的真面目與其在文學上的真價，至此始完全發現。我們才知道這並不是一部具有無數「謎」的書，其中的每個人物，背後並沒有什麼黑影子在內，他們都是真實的人，並沒有戴上了什麼假面具的。

這個歸納的觀念真是一個重要的基本觀念，發見於文學的研究上的。有許多未決的文學問題都可以用了這個方法去解決，用了這個方法去解決的事件，其所得到的結果，至少是「雖不中不遠矣」，絕不會有以前「紅學家」那末樣的附會的結語與研究的。

五　進化的觀念

文學史上的許多錯誤，自把進化的觀念引到文學的研究上以後，不知更正了多少。達爾文的進化論，竟不意的會在基本上改變了人類的種種錯謬的思想。

許多人都相信《水滸傳》、《三國演義》、《西遊記》都是元朝人流傳下來的。但有了進化觀念的人，卻很懷疑，當那時，中國長篇小說方才萌芽之時，乃竟會有這樣完美的作品產生。到了近幾年來，《西遊記》的底本，即楊致和的四十一回本的《西遊記》，有人知道了，取來和一百回本的現在流行的《西遊記》一對讀，乃知二本之間，在描寫的技術，有如何的詳密與拙笨之差異，同時在別一方面，又知道了百回本《西遊記》乃吳承恩所作的，於是此問題始完全解決了。最近，在日本，又發見了一部《三國志平話》，那又是一部今本流行的《三國志演義》的祖先；在二本事實之詳略，描寫技術之疏密之間，我們便可明顯的看出其著作時代之前後來。至少，有了這部《三國志平話》，從前所公認的《三國志演義》為元人作的話是該取消了。《水滸傳》雖尚未發見其最初底本，然依據種種的證明，讀了許多元明人關於水滸故事的雜劇，及明人的好幾種簡本

《水滸傳》之後，可知現在的一部最好的《水滸傳》亦絕不是元時的著作。

在這個地方，我們有了進化論的觀念的幫助，便可以大膽的改正一般文學史上把小說當做元人的盛業的謬誤了。

在中國，進化論更可幫助我們廓清了許多傳統的謬誤見解。這些謬誤見解之最大的一個，便是說：古是最好的，凡近代的東西總是不如古代的。明清之詩文不如唐宋，唐宋之著作，不如漢魏，這是他們所執持著的議論。進化論的觀念，不是完全反對他們，乃是告訴他們以更真確的真理。原來，文學的東西，本不能以時代的古今，而比較其優劣，說古代的東西，一定不如近代的，正與說近代的東西，一定不如古代的一樣的錯誤。所謂「進化」者，本不完全是多進化而益上的意思。他乃是把事物的真相顯示出來，使人有了時代的正確觀念，使人明白每件東西都是時時隨了環境之變異而在變動，有時是「進化」，有時也許是在「退化」。文學與別的東西也是一樣，自有他的進化的曲線，有時而高，有時而低，不過在大體上看來，總是向高處趨走。如小說便是一個最好的例子。最初，在《搜神記》、《世說新語》諸書中，原有不少的小說材料，然而其敘述是如何的簡單！到了唐時，卻有唐人傳奇繼之而起，已漸漸有了描寫，有了更婉曲的情緒了。到了宋人的平話，其描寫卻更細膩了。明人的小說較之更進一步，宋元人二卷四卷的小說，他們都演化之而為百回，百二十回。在結構上，在描寫的技術上，都有了顯著的進化。再如戲曲，也是一個很好的例子。如在元曲中，其結構與人物都甚簡單：每劇只有四五出，每劇中只限一個主要的人物歌唱，到了明人的傳奇卻大為進步：出數多至三十四十，人物也多了不少，每個人物都可以歌唱，有時是合唱，有時是互接的唱，這使劇場熱鬧了許多，確是一個大進化。

在這種地方，最容易看出「進化」的痕跡來。

再試取幾個故事來看一下。同是一個故事，在最初總是很簡單的，描寫也必很質樸，漸漸的卻變得內容更複雜，描寫更細膩了。由〈琵琶行〉（白居易）變而為《青衫淚》（馬致遠），再變而為《青衫記》（顧大典），愈變愈煩愈細。〈琵琶行〉裡的女子，只是一個「猶抱琵琶半遮面」的不相識者，在《青衫淚》中卻成了白居易的舊相知裴興奴，二人中途離散，因聞琵琶聲，而始得重圓，完全有了一個故事的骨架了；在《青衫記》中所寫的事實卻更曲折，描寫也更深入了，在那裡加上了典賻青衫的故事，加上了兵亂，加上了小蠻與樊素，鴇母的手段益毒，裴興奴的節操也被寫得更貞固了。

由〈李娃傳〉（白行簡）變而為《李亞仙詩酒麴江池》（石君寶），再變而為《繡襦記》（薛近兗），這其間又是如何的進步。〈李娃傳〉的敘寫本不壞，《曲江池》又細了一層，《繡襦記》所寫的妓院情形，卻更足以動人了。亞仙在傳中不過是一個有才能及不忍之心的妓女，在雜劇及傳奇中則成了一個完人；鄭元和唱輓歌，傳中本寫得很淒苦，雜劇中卻加倍的寫著，傳奇中更加倍的烘染著，真是一步更進一步。

由唐無名氏的〈白蛇記〉，變而為《西湖佳話》中的〈雷峰怪跡〉，再變而為無名氏傳奇〈雷峰塔〉，再變而為陳遇乾的彈詞《義妖傳》，這其間又是如何的進化。〈白蛇記〉寫的白蛇，完全是個害人的妖魔，她幻變了一個年青的美孀，誘惑了李曠，致他回家時身體消化而死。（記中又記一則變異的同樣傳說，說那少年是李館，第二天歸來，便腦疼而死，然以白蛇為妖魔則與前說一樣。）到了〈雷峰怪跡〉中的白蛇，她的事蹟卻變更了，她已經不是一個純粹的殺人巨魔，乃是一個戀著許宣的有情的女妖。在〈怪跡〉中，法海與小青第一次出現，後來傳說中之許宣二次發配，亦始見於此。〈白蛇記〉不寫白蛇的結果，〈怪跡〉則說白蛇與青魚終為法海的鉢盂所捉，幽禁於雷峰塔下，百世不得翻身。在傳奇及彈詞中，白蛇卻更得人同情了；無端的加了報恩之說，無端的加了水漫金山之一幕大戰，無端的加了盜仙草救夫之冒險而真情的一段故事，無端的加了白娘娘懷孕，生了一個貴子出來。這使白蛇更具有人間性，更使人敬愛，她不是一個可怖的妖，而是一個真摯的痴情女郎，其行事處處都可得人憐愛的了。許多人見到她之冒萬險以救夫，冒萬險以奪夫，都會不禁的加入她的一邊，而怒許宣之卑怯，恨法海之強暴。在斷橋重遇之一段，在她生子後懼怕法海之復來的一段，無論誰都要為之感泣的。於是她之幽囚，便為多數人所不滿而增出了「仙圓」的最後一幕，敘她因貴子而終於得救。這是一個如何有趣的進步呢？

這些也都是很顯著的「進化」。

同時，更可以因此打破了一班人摹擬古作的風氣，這個風氣唯中國最盛，且至今還是最盛。把進化的觀念引了進來，至少可以減少了盲從者在如今還學著做唐宋古文，做唐詩宋詞，做唐人傳奇體的小說，做「卻說」、「且聽下回分解」的章回體小說的迷信。他們相信的是：「古是今之準的」。而進化論告訴我們，文學是時時在前進，在變異的，一個時代有一個時代的文學，一個時代有一個時代的作家。不顧當代的情勢與環境而只知以擬古為務的，那是違背進化原則的，那是最不適宜於生存的，或是最容易「朽」的作家。

● 六　文學的外來影響

執持了以上兩個基本觀念，即進化的與歸納的觀念，如執持了一把鐮刀，一柄犁耙，有了他們，便可以下手去墾種了。無論為一個作家的研究，一個作品的研究，或進而為一個時代，一個全史的研究，都可以有得到比前很不同的好結果了。但荒地是太大，蔓草是太多，我們還要急其所當先，最好能把向來最未為人所注意，蔓草最多的地方先開闢起來。這些新開闢的研究，一面自然特別有清新的趣味，一面卻也足幫助作品作家及文學史之研究的迷難的解決，正如在海濱或河岸築堤，不僅裨益了海濱之田，卻得使鄰近諸田野都受了益處。

這樣新開闢的研究的途徑，共有三個。

第一個便是中國文學的外來影響考。換一句話，就是說，要研究中國文學究竟在歷代以來受到外來的影響有多少，或其影響是如何樣子。這種研究是向來沒有人著手過，甚至於沒有人注意過的。這是一種新鮮的研究。

無論什麼人，都曾異口同聲的說過，中國的文學乃是完全的中國的，不曾受過什麼

六　文學的外來影響

外面的影響與感化的。這乃是愛祖國的迷霧，把他們的心眼朦蔽了。只要略略的考察一下，便可知我們的文學裡，有多少東西是由外面販買來的。最初是音韻的研究，隨了印度的佛教之輸入而輸入。而印度及西域諸國的音樂，在中國樂歌上更占了一大部分的勢力。其後，佛教的勢力一天天的膨漲了，文藝思想上受到了無窮大的影響。雖然韓愈曾努力的闢佛以保障儒道，踵其後的古文家也曾時時的為此同樣的舉動，然而他們的力竭聲嘶的防禦的筆戰，僅足證明佛教思想之如何偉大而已，毫不能給他們以致命傷。在後來的重要文藝作品上，幾乎有一半是印上了這種印度思想的沙痕的，這是文藝思想上的話且不多說；在其後，還有更大的影響呢。而這個更大的影響，又是由印度傳來的。我們往往有一個疑問：在宋元之前，為什麼中國沒有發生過戲劇和小說的大作品？為什麼這些重要的作品，直到了宋、元之時，才突然的如雨後的春筍般的紛紛產生？許多文學史家對於這疑問都沒有注意過。最近，有一部分人用文學的眼光去研究印度的文學，尤其是她的小說與戲曲，於是才發現他們的戲曲與小說，其體裁與結構，與中國的有驚人的共同之點。即以小說而論，印度的作品，開頭往往是「如是我聞」，漢譯出來恰正是「卻說」、「話說」之意；又他們每當形容或論斷一個事物，必要引古詩句或諺語為證，恰正如我們之小說家，常常用「正是：量小非君子，無毒不丈夫」，諸樣的成語一般。據最近由印度歸來的友人說，他們的「說話人」到現在還存在著，大都在廟宇中說著書，給大家聽，也正與我們蘇州玄妙觀中之說書人一模一樣。而他們的小說與戲曲的產生時代卻較我們早得多了。當然的，中國與印度交通那樣的周密，這些作品之輸進而引起模擬是毫不足異的。友人許地山君近來很專心研究這一方面的東西，這裡不多說，我們且看他的詳細的報告吧。（他有一篇〈梵劇體例及其在漢劇上的點點滴滴〉可見一斑。）

還有，我們重要的民間文學，如彈詞，佛曲與鼓詞，也都是受印度影響而發生的。這個外來感應的痕跡，比之小說與戲曲尤為明顯。在燉煌石室發見的許多抄本中，我們見到好幾種佛曲：《文殊問疾》等三種，見上虞羅氏刻的《燉煌零拾》中；《佛本行集經俗文》、《八相成道俗文》、《維摩詰所說經俗文》等四五種，現存京師圖書館中。這就是後來佛曲的祖先，而彈詞與鼓詞卻又是完全由佛曲蛻化而成的。

這都是僅僅略為提一提的，然而已足使迷信國粹的先生們吃一個大驚了。將來如果有一部中國文學外化考出來，恐怕材料將要蒐集得更多。至於西歐文學在中國文學上的影響，乃是最近的事，大家都知道，不必談。

　　這個研究在文學史上是大有功績的，且至少可以間接的幫助許多研究別的東西者的忙。

七　巨著的發見

第二個開闢的研究的新途徑，便是新材料的發見。

我們向來不僅研究的方法未備，即研究的對象也很狹小；其初我們僅知以詩、古文詞為研究的標的，所謂文學史者，不過是一部詩歌及古文的發展史而已。到了後來，加進了詞；到了後來，再加進了戲曲，但那已是很近代的事了。在十八世紀紀昀他們編輯《四庫全書總目提要》時，還不承認戲曲是一種有可以收入四庫之價值的著作。他們只收曲譜、曲律，而不收劇本。到了後來，才更加入了小說。所以最近、最開明的中國文學史，所敘的乃是詩、詞、散文、小說、戲曲的歷史的發展。但此外，中國文學裡，還有別的東西麼？有的，當然是有的。中國文學乃是一個大海，乃是一座森林，在其中未被發見的巨著還多著呢，還多著呢。

變文或佛曲是一種並非不流行的文藝著作；自唐五代以來，時時有作者，其中頗有不少好的東西，如〈梁山伯祝英臺〉，如《香山寶卷》，其描寫都很不壞；其及於民間的影響卻更不小，有多少婦人村夫是虔敬的聽著這些故事，為之喜，為之憂，為之哭泣，為之發奮的，有不少婦人村夫是於無形中深深的受到他們的教訓的。一爐香焚了起來，宣卷者朗朗的背誦著，一家人，也許還有不少鄰居，圍住了聽，此景此情，到如今還未變更呢。然而卻沒有一個研究者曾留盼及於這些文藝作品的。文學史上，要見到佛曲作家之名，卻更不知是何年何月的事了。自燉煌石室中發見了好些佛曲抄本之後，談者雖略略的有幾個，卻都只知所謂燉煌佛曲而已，那些後來的更重要的，更有影響的作品，他們卻連提起也不曾。

彈詞，又是一種被籠罩於黑霧之間，或被隔絕於一個荒島中而未為人發見的文藝支幹。彈詞卻並不是很小的或很不重要的文學支幹呢！她有不少美好的東西，她有不比小說少的讀者，她的描寫技術，也許有的比幾部偉大的小說名著還進步。夏天，夜色與涼風俱來時，天空只有熠熠的星光，一個盲者挾一面鼓或三弦，登上支搭於街頭巷尾的木臺上，彈著唱著，四周是有了無數的婦人與男子，靜靜的坐在自備的木凳上聽著。他們不比宣卷那末容易終篇（他只須一夜就夠了，或一夜可宣三四卷），每聽一部彈詞，那是一件不容易完功的大事，無論是《玉簪緣》、《天雨花》，或《三笑新編》，都至少要有半個月或十天八天才能終畢呢；然而聽者卻始終沒有怠惰過。黑漆漆的夜裡，黑壓壓的一群人，鴉雀無聲的，在聽著一個人揮著弦朗唱著，間時間時的有大蒲扇子噼啪噼啪的搧動之聲；直到了盲者住了弦聲唱聲而去喝一口茶時，大眾方才也吐一口氣。這情景不用閉眼想，便會想出是如何的動人，真的，如果彈詞沒有動人的地方，也便不會如此的動人了。如《天雨花》、《筆生花》、《再生緣》、《再造天》、《夢影緣》、《義妖傳》、《節義緣》、《倭袍傳》以及「三部曲」之《安邦志》、《定國志》、《鳳凰山》等等，都可算是中國文學中的巨著。其描寫之細膩與深入，已遠非一般小說所能及的了。有人說，中國沒有史詩；彈詞可真不能不算是中國的史詩。我們的史詩原來有那麼多呢！談彈詞的人，如今也還沒有。

鼓詞流行於北方，大都取小說中之最動人的一段一節而演述之，當然是加上了不少的潤飾，但還不曾有什麼巨大的著作出現。北方人之受鼓詞之陶冶是至深且普遍的，正與南方人之受彈詞的感化一樣；許多人不會看《三國》、《水滸》，但他們知道魯肅，孔明，周瑜，知道奸詭的曹操，知道忠勇的李逵，知道有神力的公孫勝，那都是說鼓詞者教導他們的。

此外，還有皮黃戲的劇本，還有各地的小唱本，小劇本，還有各地的民間故事，還有灘簧一流的敘事詩，還有各地的民歌，如粵謳，如吳歌之類，都有待於中國文學研究者自己努力去掘發，去搜尋；那裡有無數的寶物在，有無數的巨著在，只要費工夫去尋找。這也是研究中國文學的一條新路。任取一種研究之，都可以開闢出一個新天地來，為文學史增添了不少的記載材料，為中國文庫增添了不少的珠璣珍寶。

八　中國文學的整理

第三個開闢的研究的新途徑，便是中國文學的整理：這條路原是很舊很舊的了，但在我們卻還可以算是新的。許多人對於文藝的界說，至今還不明了，許多人對於中國文學的分類，至今還認別不清；例如，某某人的《小說叢考》，某某人的《小說考證》，都把小說與傳奇雜劇混在一處，即把《燕子箋》、《桃花扇》、《一捧雪》與《水滸傳》、《紅樓夢》同放在一起。名為《小說叢考》或《小說考證》的一書，其實乃大部分講的是戲劇，其中還雜有幾部彈詞。某某人編《曲目》，某某人編一部戲劇叢書一類東西的《曲叢》，又都把元明的小令散套集混在雜劇傳奇的一堆；把《吳騷合編》、《陽春白雪》，或《江東白苧》與《漢宮秋》、《西廂記》、《一笠庵四種曲》同列在一處。誰都知道這兩種是根本不同的東西，一種是詩歌，一種是戲曲，然而他們卻認這些東西都是「曲」，只為了雜劇傳奇是用了「曲」去寫故事的。就是在許多的圖書館書目中，卻也是如此的混淆著，小說依四庫提要分為雜事，異聞，瑣語之三類，因把《西遊記》與《搜神記》同列在一櫃，把《紅樓夢》與《板橋雜記》並存在一架，其他彈詞之類無可列入者，則也勉強附庸於小說類中。像這樣不清不楚的分類，與混雜的研究，頗足以迷亂了後來者的心目，所以把中國文學的內容整理了一下，使某類歸於某類，某種歸於某種，同類者並舉，異體者分列，也是當今研究中國文學者之急務。如能編一部如朱彝尊《經義考》之類的文學考出來，那當然是不朽之作，即作了一部簡簡單單的文學書目，把中國文學的內容分疏整理了一下，卻也頗可以有影響。

這種「書目」，其分類當然不能如《四庫總目提要》似的，集部只錄著《楚辭》，別集，總集，詩文評，詞曲之五類（所謂曲，也聲明只錄論曲之書，不列傳奇雜劇），而小說則列於子部，不收《西遊記》、《水滸傳》，而只收《世說新語》、《朝野僉載》、《教坊記》、《異苑》、《還魂記》之流；當然也不能以圖書館最常用的杜威十類法，依了他而分為詩歌，戲曲，小說，論文，演說，尺牘，諷刺文與滑稽文，雜類等八類；因為這個分類也未妥，且有許多東西也不能被列入於這樣的一個分類中。我們要有的是一種新的分類，明了而妥當的分類。

底下是我個人擬的一個分類的大綱，雖不怎麼周密，卻頗明了簡當暫可為一個勉強可用的分類。且依了這個分類至少可以把中國文學的向來的混淆的內含，徹底的整理了一下。這個分類法，把中國文學分為九大類別：

第一類是「總集及選集」　如詩文混雜的選本《文選》、《唐文粹》、《宋文鑑》、《元文類》，及總集如《漢魏百三家集》等都可列入。關於個人著作的總集，如《船山遺書》、《坦園叢書》等等，亦可附錄於此。

第二類是「詩歌」　這更可分為下列的數小類：

(甲)總集及選集：《詩經》、《楚辭》、《玉臺新詠》、《樂府詩集》、《全唐詩》、《彊村叢書》、《詞苑英華》、《宋詩鈔》、《陽春白雪》等。民歌亦可列入於此類。

(乙)古律絕詩的別集：四庫中集部別集類的一大部分。

(丙)詞的別集：《東坡樂府》、《稼軒長短句》、《漱玉詞》、《飲水詞》等。

(丁)曲的別集：《喬夢符小令》、《江東白苧》(梁辰魚)、《花影集》(施紹莘)、《海浮山堂詞稿》(馮唯敏)等。

(戊)其他：《會稽三賦》(王十朋)、〈汴都賦〉(周邦彥)等之辭賦一類，以及竹枝詞，宮詞，雜事詩，新興的白話詩，都歸入此類。

第三類是「戲曲」　這更可分為下列的數類：

（甲）戲曲總集及選集：《元曲選》、《六十種曲》、《盛明雜劇》，及《納書楹曲譜》、《集成曲譜》、《綴白裘》等。

（乙）雜劇：《雜劇十段錦》（朱有燉）、《四聲猿》（徐渭）、《後四聲猿》（桂馥）、《臨春閣》（吳偉業）、《吟風閣雜劇》（楊笠湖）、《坦庵四種》（徐石麟）、《瓶笙館修簫譜》（舒位）等。

（丙）傳奇：《琵琶記》、《荊釵記》、《殺狗記》、《玉茗堂四夢》、《桃花扇》、《一笠庵四種》、《李笠翁十種曲》、《紅雪樓九種曲》等。

（丁）近代劇：《復活的玫瑰》、《咖啡店之一夜》等。

（戊）其他：皮黃戲之劇本《庶幾堂今樂》（余治）（《戲考》當歸於甲總集及選集一類中），各地流行之民間劇本、梆子調劇本等。

第四類是「小說」　這亦可分為下列各類：

（甲）短篇小說：有如下之三大派別：（像《世說新語》、《搜神記》、《閱微草堂筆記》等之許多瑣屑的故事集，只可附歸在第一派內。）

（第一派）傳奇派：唐之〈李娃傳〉、〈霍小玉傳〉、〈靈感傳〉、〈柳毅傳〉，及裴鉶之〈傳奇〉，吳淑之〈江淮異人傳〉，蒲松齡之《聊齋誌異》等。

（第二派）平話派：如《京本通俗小說》、《醒世恆言》、《拍案驚奇》、《石點頭》、《醉醒石》、《西湖佳話》、《西湖二集》、《今古奇觀》、《今古奇聞》等。

（第三派）近代短篇小說：《隔膜》、《超人》、《綴網勞蛛》等。

（乙）長篇小說：如《水滸傳》、《三國演義》、《西遊記》、《金瓶梅》、《紅樓夢》、《綠野仙蹤》、《蟫史》、《儒林外史》、《海上花列傳》等等。或更把他們分為歷史小說、神怪小說、人情小說等等，我們卻以為可以不必。

（丙）童話及民間故事集：近來出版頗多，如《中國童話》、《世界童話》、《徐文長故事》、《鳥的故事》等等，都應歸入此類。

第五類是「佛曲彈詞及鼓詞」　這三種作品，體裁都很相近，即都是以第三人的口氣來敘述一件故事的，有時用唱句，有時用說白，有時則為敘述的，有時則代表書中人說話或歌唱。不類小說，亦不類劇本，乃有似於印度的《拉馬耶那》，希臘的《依里亞特》、《奧特賽》諸大史詩。這更可分為下列之數類：

（甲）佛曲：《文殊問疾》、《香山寶卷》、《白蛇寶卷》、《孟姜女寶卷》、《藍關寶卷》、《王氏女三世寶卷》、《秀英寶卷》、《地藏寶卷》等。

（乙）彈詞：《廿一史彈詞》、《再生緣》、《陶朱富》、《義妖傳》、《雙珠鳳》、《描金鳳》、《珍珠塔》、《天雨花》、《倭袍傳》、《節義緣》、《夢影緣》、《筆生花》等。

（丙）鼓詞：《乾坤歸元鏡》、《寶蓮燈》、《饅頭庵》、《十三妹三刺年羹堯》、《八錘大鬧朱仙鎮》、《白良關父子相會》等。

（丁）其他：類於上列三種之各地小唱本，以及「灘簧」等。

第六類是「散文集」　這可包括詩集外之一切四庫中之別集類，及總集類之一部分，可更分為：

（甲）總集：《全上古六朝文》、《全唐文》、《古文辭類纂》、《六朝文絜》、《四六法海》、《駢體文鈔》、《唐宋八大家文鈔》等。

（乙）別集：《韓昌黎集》、《曾子固集》、《歸震川集》、《姚姬傳集》等。

第七類是「批評文學」　這亦可分下列之數類：

（甲）一般批評：如《文心雕龍》等。

（乙）詩話：《詩品》、《漁隱叢話》、《詩話總龜》、《六一詩話》、《後山詩話》等。

（丙）詞話：《碧雞漫志》、《西河詞話》、《詞苑叢談》等。

（丁）曲話：《曲話》（梁廷枏）、《雨村曲話》（李調元）等。

（戊）文話：《四六叢談》、《論文集要》等。

（己）其他：關係作家之研究（如《陶淵明》、《平民文學之兩大文豪》），關於作品的研究（如《紅樓夢辨》），關於一個時代之研究（如《中古文學概論》）以及批評論文集等均可列於此。

第八類是「個人文學」　這是關於作家個人的著作，如日記，尺牘，自傳等。可更分為下列數類：

（甲）自敘傳：在中國，只有很短很短的自敘傳，如〈五柳先生傳〉之流，卻不曾有過可獨立為一冊的著作。

(乙)回憶錄及懺悔錄：在中國，這一類的著作也絕無僅有。

(丙)日記：《曾國藩日記》、《越縵堂日記》等。

(丁)尺牘：《蘇長公表啟尺牘》、《惜抱先生尺牘》、《春在堂尺牘》(俞樾)、《歷代名人書札》等。

第九類是「雜著」 凡不能列入於上面諸類者，或不能自成為一大類者，俱歸入這一類內。

(甲)演說：《梁任公學術講演集》、《李石岑講演集》等。

(乙)寓言：《百喻經》、《中國寓言》等。

(丙)遊記：《徐霞客遊記》、《焦山記遊集》(馬日琯)等。

(丁)制義：《欽定四書文》、《船山經義》、《榕村制義》(李光地)等。

(戊)教訓文：〈宗約歌〉(呂坤)、〈閨戒〉(呂坤)、〈戒賭文〉(尤侗)等。

(己)諷刺文：〈熱風〉(魯迅)等。

(庚)滑稽文：《遊戲文章》等。

（申）其他：《古謠諺》、《越諺》等等。

依了這個分類，而把中國文學的重要作品，重新編列了一下，頗足以使久困於迷霧中的人眼目為之一明；這對於作品的研究，作家的研究，以及其他的專門研究，都可有不少的幫助。也許在細小的節目上還有應該更動的地方，但這些更動，對於分類的大體上卻是不會有什麼大影響的。

九　結論與希望

就以上三個新闢的研究途徑來著手做工，其重擔已非幾個人所能擔負。如僅就蒐集民歌或民間故事而言，已是一個人一生做不完的事業了。若再進一步而去墾殖別的田地，那更是非有多數人的工作不可了。《詩經》的研究是一生的工作，樂府古詩的研究，也是一生的工作；戲曲的研究，只其中「崑劇」的一部分，也已足夠消磨了一生，皮黃戲的研究，也是至少要消耗了半生去低頭工作，並忙碌的出入於劇場之間的。

專門的研究是最難的研究，也是最有興趣的研究，研究而有了一個結束，研究而偶然發現了一個真理，或一件別人未見到的事物與見解，其愉快是非身歷其境者不能知道的。研究者發明一個有力的證據，或得到一個圓滿的結論，其本身的快樂，與天文家之發現一顆恆星實在沒有什麼差異！

中國的文學曾因與印度的文學的接觸，而生了一個大時代。現在卻是與西方文學相接觸了，這個偉大的接觸，一定會有一個新的更偉大的時代出現的。文藝復興的預示，已隱隱的現於桃紅色天空的雲端了。

在這個將來的大時代，將來的文藝復興期中，每個努力於文藝者，都會有他的一分的供獻，都應該有他的一分的供獻。翻譯者在介紹著，詩人在吟詠著，小說家在創作著，戲曲家在寫著，在監督著演奏，而研究中國文學者，也自應努力去研究，去建造許多古所未有的專門的功績，去寫作許多古所未有的批評著作，去把向來混濁不清的文藝思想與常識澄清了。

大時代不是一日一夜所能造成，也不是一手一足之烈所能造成，我們有我們的一分工作，我們不能放棄了我們應做的工作！

中國文學研究者向哪裡去？

中國文學研究者向哪裡去？

這是一個嚴重而難解決的問題：中國文學研究者向那裡去？換言之，即他們應該怎樣進行其研究工作呢？

許多中國文學研究者往往會被所研究的對象迷醉住了：陷溺於中，不知所返。他們論曲，便以為南北曲是中國文學裡的最光耀的遺產，值得昌明光大之的；而作「國歌」乃至新的歌劇，都非用這種體裁不可。他們念了多少本，搜得若干部的明末才士們的小品、尺牘的集子，便以為天下的文章，皆在斯矣。而這類小品文，是如何的值得表彰，值得追摹，值得提倡。於是極平常的幾句通候的信札，也成了奇花異卉似的，被捧出來陳列。

總緣所見太小、太少，故易於「少所見，多所怪，見駱駝，以為馬腫背。」從前我們老勸人不要「迷戀骸骨」。這種現象不是「迷戀骸骨」是什麼！

古文家們提倡古文義法，要以朗誦顯示出文章的情態與神氣來，於是便搖頭擺腦的在一遍兩遍的讀。

我們曾經譏笑過這一類的古老無聊的舉動，然而我們的工作，是否有陷溺於同一的陷阱中的危險？

我們必須自省；必須以更廣大、更近代、更合理的眼光與心胸來研究這瘡痍滿體的中國文學。

單是平淡無奇，無所發明的寫著什麼杜甫評傳，白居易的生平，王漁洋的詩之流的著作，這時代似已遠遠的過去了。

我們現在所要求的，是要在那些平凡庸腐，無所發明的工作之外，給我們些新鮮而有用的什麼。

中國文學的著作是夥多到難以清理，就以明人的詩文集而論，《千頃堂書目》之所載，絕不足以盡其所有（《明史．藝文志》是根據《千頃堂書目》的）。北平圖書館所得天一閣散出的一部分詩文集，便有許多不在其中的。時時的還有不少很重要的集子出現於世——萬曆以後的尤多。清代的總集，別集更是多到不容易蒐羅和統計。就以詞集而論，為數總不會在千以下的。他若戲曲、小說，也常感到蒐羅的困難與不全不備。

在這許多「生材料」或面目全生的作品裡，我們將怎樣開始並進行我們的工作呢？一方面是感到無可措手或不易下手的困難，同時卻也會充滿著新鮮的趣味，覺得自己是在陽光滿地的新園地上工作著，耕耘下去，必定會有結果的。

許多方面的學問，具有這樣任情所欲，馳騁自如的未墾發的荒原者，恐怕是除了中國文學的園地之外，是不會有。

有了那麼許多未被墾發，而又急待耕耘的荒原等待著我們去工作，為什麼我們還要躊躇著，還要老退回到古舊的不易有發展的園囿裡去徘徊、留戀著呢？

我以為：我們現在該做的工作，是向不曾有人著意的荒原上去墾發耕耘。並不是好奇也並不是要人棄我取。實在是，未墾發，未耕耘的土地太多了。待整理的，待研究的，待把他們從傳統的灰堆裡扒掘出來的，幾乎所在都是。如入寶山，滿目皆是珠光寶氣，實在沒有工夫再去顧視向來天天陳列在外面的東西。

例如，關於中國文學所受到的外來的影響的一個問題，就夠我們研究的了。六朝音韻學者所受到梵音的影響，六朝及唐代故事所受到的印度故事的影響，宋、元戲曲所受到的外來的影響，這一切，都值得我們費許多工夫去解決的。

又如尚未成為一般人的研究的目標之變文、諸宮調、彈詞、鼓詞等等的文體，那一種不是值得我們開始去注意，去仔細的研究的。雖然有人看不起《維摩詰經變文》、《劉知遠諸宮調》，以為不及唐詩，宋詞，那準保他是不曾見到這些偉大的作品過！也可以說，他是不曾見到過唐詩、宋詞的真正好處。只是傳統的觀念在作怪罷了。我們並不否認唐詩、宋詞的重要與偉大。但表彰了變文、諸宮調，並不就是壓低了詩、詞的身份。這並不是「有你沒我」的敵國相爭的事；而只是發現了，添加了若干偉大的著作，使唐、宋的文壇更為光彩燦爛些耳。

這是其一。

再有，過去的許多關於中國文學的研究著作，大都只是述而不作，沒有發現過什麼新意，或什麼新的問題。年譜、傳記都不過是「生材料」，只是掇拾些東鱗西爪的史料，用最省力的方法，排比之，重寫之而已。懨懨無生氣的，讀之並不感到一點的興奮或有所得。譬如什麼杜甫評傳、白居易生平（只是隨手取譬，並非實有其書）之類，都不能夠把杜甫、白居易的偉大處或其在那時代的影響或其所產生那種詩歌的社會的原因表現出來——甚至連杜甫或白居易的為人也還不能夠描寫得使人感動。這一類「生材料」，仍還只是「史料」，並不能算是成熟的研究成果——也許連當作「史料」還不大妥當，因為這一類文章，遺漏、謬誤、疏忽之處往往是出人意外的多。

所以，就是我們很熟悉的「題材」，也是有重新再行估價，或使用新的方法來研究的必要。

至於那新的方法究竟是什麼樣子的方法呢？這當然各人的「師授」不同，不能執一而論。唯有一點必須注意，就是一個偉大的作品的產生，不單只該讚頌那產生這作品的作家的天才，還該注意到這作品的產生的時代與環境，換言之，必須更注意到其所以產生的社會的因素。

元劇鼎盛的原因，不只是關漢卿、馬致遠的那些天才作家們的努力的結果。他們之所以努力於作劇，自有其重大的經濟的因素與時代的背景的。同樣的，莎士比亞的戲曲之所以產生於十六世紀的英國者，也自有其重要的社會的因素在著。

也許，這已是老話了，但還不曾有什麼重要的論文，在這見地上出發的。

這是其二。

我們到底向那裡去呢？

向新的題材和向新的方法裡去，求得一條新路出來，這便是我們所要走去的。

雖然未必便達到目的，然若果然「心嚮往之」，便總會有好的成就出現的。

中國文學的遺產問題

中國文學的遺產問題

許多人提出了「文學遺產」問題。人類的文明有一部分是以人類的血與肉，淚與汗建築起來的。當我們徘徊於埃及荒原上的金字塔旁，或踏上了羅馬鬥獸場的石階，或躑躅在雅典處女神廟的遺址而不忍離開的時候，我們曾否想到：這些弘偉壯麗的先民的遺產，乃是以無量數的奴隸的血與肉，淚與汗所堆砌而成！這可怕的膏血塗抹的遺產，顯示出來的是蹂躪與鞭打，鐵鎖與飢餓，他們無限淒涼的被映照在夕陽的金光裡，彷彿每一支斷柱，每一塊巨瓦廢磚，都會開口訴述出人類是如何的在驅使、鞭策、奴役自己的圓顱方趾的兄弟們。差不多，可以「發思古之幽情」的所在，沒有一所不是可以使我們想像到那可怕的過去的。

文學的遺產在其間卻是最沒有血腥氣的——雖然有一部分也會被嗅到一點這種氣息，和顯露出些過去文士們的諛媚的醜態。

一部人類的歷史，便是一本血跡斑斑的相斫書，或可以說，人類的歷史，是以血寫成的。這相斫書到什麼時候才告個了結，這歷史，到什麼時候才不再會以血去寫它，那是，誰也不能知道——然而有人是在努力著，在呼號著，想要把血淋淋的筆從薩坦手上搶去了；而用自己的和平的心，清瑩的墨水，去寫成自己的歷史；雖然他們還不曾說服了大多數的為魔鬼的狂酒所醉的帝國主義者們。

但在其間，人類的文學的歷史，卻比較的是以具有偉大心胸的文士們的同情的熱誠的筆寫成的——雖然也有一部分是曾被媢嫉、諛媚、憤咒的煙氣糾繞於中。

所以在人類的許多遺產裡，文學的遺產也許是最足以使我們誇耀自己的文明與偉大的。

我們憧憬於歌中之歌的景色。我們沉醉於《依利亞特》、《奧特賽》的歌唱。我們被感動於釋迦摩尼的自我犧牲的「從井救人」的精神。我們為希臘悲劇所寫的人與運命的爭鬥，生命與名譽或正義的選擇的糾紛，而興奮，而慷慨悲歌。

我們也為無窮盡的冗長而幻怪百出的印度、阿剌伯的故事所迷惘。我們也為《吉訶德先生傳》而笑樂，而被打動得欲泣。為《韓米雷德》、為《麥克伯》、為《仲夏夜夢》而惹得悲鬱的想，或輕鬆的笑。為《神曲》、為《新生》、為《失樂園》、為《仙后》、為《剛脫白萊故事》、為《十日談》而感受到新鮮的弘偉的感覺。

我們也為歌德、席勒、拜命、雪萊、盧騷、福祿貝爾諸人的作品，而感泣，而奮發，而沉思，而熱情沸騰。

我們也為囂俄、屠格涅夫、托爾斯泰、易卜生、柴霍甫、狄更司、高爾基、高爾斯華綏諸人的小說、戲曲所提醒，所指示，而憤懣，而悲戚，而欲起來做些事。乃至奧維特的《變形記》，中世紀的《玫瑰與狐狸》，大仲馬的《三個火槍手》，史格得的《薩克森劫後英雄略》等等，也各給我們以許多的問題，許多的資料，和許多的愉快的感覺。

這些，都足以表示我們的人群裡，自古來，便有許多不是渴欲飲血，「欲苦蒼生數十年」的英雄的模式的人物。他們具有偉大、和平的心胸，救世拯溺的熱情，精敏銳利的眼光，與乎豐富繁賾的想像，以不忍人之心，發為不忍人之呼號。他們的工作的結果是偉大而永久的。

在人類的歷史裡，屬於他們的一部分是不被嗅出血腥氣來的。

而在想從薩坦手裡奪去了血淋的那支巨筆，不使他們再以人的血書寫下去的人們裡，他們也便是其中的一部分。

在這些世界的不朽的文學遺產裡，中國也自有其偉大的可以誇耀的一份兒。

但這所謂「以文立國」的古老的國家，究竟產生了什麼呢？

當希臘的荷馬、阿士齊洛士，印度的釋迦摩尼、瓦爾米基在歌唱，在說道，在演奏他們的偉大的著作的時候，我們的孔子和屈原也已誕生於世。這幾千年來，是不斷的在產出無量數的詩歌、戲曲、小說、散文來。

在這無量數的詩、劇、小說與散文的遺產裡，究竟是有若干值得被稱為偉大的，值得永久的被讚許著的。

碎磚破瓦是太多了，簡直難得一時清理出那一片文學的古址出來。有如披沙淘金似的，沙粒是無量數的多。

假如把沙粒當作了金砂，那不是很無聊的可悲的情形麼?但金砂是永遠的在閃閃作光的，並不難於挑選出。

為了幾千年來，許多的文人學士們只是把文學當作了宮庭的供奉之具，當作了個人的泄發牢騷，表弄醜態的東西，於是文學便被個人主義與實用主義壓迫得透不過氣來。

「不學詩，無以言」，「登高能賦，可以為大夫」，這些便都是淺而狹的實用主義的呼聲。這些作品便占了我們文學遺產的一大部分。他們只是皇帝的應聲蟲，只是皇帝的弄人;被誇稱為「文學侍從之臣」的人物，原來也不過是優旃、優孟之流，東方朔自訴得最痛快！楊循吉、徐霖輩受不了那不平的待遇，卻硬抽身跑脫了。（其實也只是露骨些的不平的待遇。）

然而被籠絡住了的「文學侍從之臣」們，卻在自欺欺人的鳴盛世的太平，為皇家作忠實的走狗；還在洋洋得意的訓誨、教導著無窮盡的青年們走上他們的道路。

然而「登龍無術」的被淘汰了的文人們，為了身子矮，吃不到葡萄，卻只好嚷著葡萄酸，其實是一樣的熱中！在那談窮訴苦的呼聲裡面，我們看出了他們的希求。只要拋下了一塊骨頭，他們還不爭著搶麼？尤侗寫他的《鈞天樂》傳奇的時候，是那樣憤懣不平；然而不久異族的皇帝，招他來做「侍臣」了，他便貼然的跪拜嵩呼，而且還將那些「胡服胡冠」，圖而傳之久遠！這還不夠使人見了感得渾身不舒服麼？

這些純以個人主義或個人的利祿功名的思想為中心的作品，又占了我們的文學遺產的一大部分。

那末，我們所留下的有些什麼呢？還不該仔細的挑選選、表彰著他們麼？

在無量數的黃沙堆裡，金砂永遠是閃閃的在作光，並不難於把他們挑選出。

假如我們把黃砂也當作了金粒，而呼號的鼓吹著，那末這錯誤是可以補救的麼？

我們要放大了眼光，在實用主義與個人主義以外的作品裡去挑選。我們不需要供奉文學，也不需要純以個人的富貴功名為中心的牢騷文學，我們所需要的是更偉大的更具有永久生命的作品。而這些偉大的作品，在我們的文學遺產裡，卻並不是少！

所以，提出了文學遺產問題，並不是說，一切的醜態百出的東西，都可以算作遺產，我們真正的偉大的遺產，足以無愧的加入世界文學的寶庫中者，還要待我們用敏銳博大的眼光去挑選！至於怎樣的挑選以及挑選的標準的問題，那是另外一會事，需要許多人來合作的。

中國文學的遺產問題

論文字的繁簡

論文字的繁簡

文字的繁簡，本來不成其為問題。但我們為古文家法的遺毒所中已深已久，卻要把這個問題不能不當作問題來討論。

沒有人會想到把矮人用機械力拉長了的，也沒有人會用刀斧把長人砍去了頭顱或腿部使之短些的。然而對於文章，卻偏要以「短」為尚。

十幾萬字的一部長篇小說和二十個字的一首五絕，同樣的都是一篇完整的作品，不能以其短而增之，也不能為其長而減之。凡為名著，都是「增之一分則太長，減之一分則太短」的。既不該畫蛇添足，又豈宜削足適履。或可更徹底的說：除了短詩和小品之外，文學作品都是以繁為尚。在近代長篇小說裡，我們見到了文士們描寫的技巧的如何進步。

有人批評王充《論衡》，以為文字冗長，不精彩。然而《論衡》的冗長，卻正是他的「說理明暢」的特點之所在。假如《論衡》變成了《論語》式的，或仿《論語》的揚子《法言》式的一部書，那還有什麼價值呢?

古文家為了要求文章的整練肖古，要擬仿古人，強學其皮毛，徒求其形似——故提出一個「簡」字來，極力的鼓吹著。韓愈的古文運動，不單是反抗六朝以來的對偶的駢體文，也是排斥著冗長而浮華的佛教文學及其他「繁」文的。歐陽脩復活了古文運動的時候，便也教人為文須從「簡」字下手。有人曾把他的一件事當作示範的說著：他有一篇文章，初寫成時有一千多字。他將這篇東西貼在牆上，天天對之讀念，每天都要刪去幾個字。後來只剩下五百多字，他方才自認為滿意。又有一個傳說，是幾個古文家同作一個文題，一個人寫了二千多字，一個人只寫幾百個字。而多寫了若干字的那個人愧然的拜服於那位寫「簡」文的人之前。

這一類的故事，都暗示著後來的人，凡為古文便必須力從簡古下手。凡懂得古文義法的人，都知道怎樣的去模仿《左傳》、《史記》的文章。而所謂歸批《史記》也者，卻是那樣的一章一節，一段一句的鉤勒，批判著，欲「天下士」胥入其彀中。

這樣，不顧文章的內容，不管所寫的是什麼東西，一味的只以「簡」為第一要義；於是所謂「文學」的散文，便永遠不會走上正道的了。

虧得那些正統派的古文家們，總是鄙夷戲曲、小說為小道，為不登大雅之堂的東西，而不一措手，不一著眼，所以還能夠有洋洋百回的《三國》、《水滸》、《紅樓》和三五十出的《還魂》、《玉簪》、《紅梨》的名作產生出來。否則，如以寫古文之義法來部勒或支配小說、戲曲，則小說、戲曲的生命，早已被其摧殘盡了。

林琴南先生雖是一位服膺桐城義法的古文家，他卻有膽識，敢於用古文去譯長篇小說，而且還再三的慨嘆於史各得、狄更司文章的微妙，特別提出他們善於用「繁」，能夠把幾位人物，十幾天內的故事，敷衍成數十百萬字；而《左傳》、《史記》寫數十年間事的數十人物，卻只是寥寥的數千百語。在這裡，他看出了中國古文的不及西洋文學最重要的一點。

這確是他識見高邁處。算是古文家第一次的打破義法，為「外人」張目。而因此，林琴南便永遠的被桐城派的嫡傳的人物（？）目為「非我族類」，謚為「野狐禪」——雖然他是那樣的在為古文作宣傳，而自附於桐城系統裡。

其實，當古文家明目張膽的在提倡古文的「簡古」運動的時候，也未嘗沒有人反抗他們。顧炎武《日知錄》論「文章繁簡」的一則，是極為明了透切的。吳文祺先生為我們寫的那篇〈論文字的繁簡〉也已把我們所要說的話都說了。

如果就「修辭」的一方面說來，「辭達而已矣」，「不論繁與簡也」。如何能夠成為一篇沒有疵病的文章，那是有許多必要的條件的，絕不能以「繁」、「簡」二字來判定其好壞。果欲求簡，則莫如一字不寫。這豈不成為世間最簡的文字麼？

有人鼓吹日報上文字，要改用白話文。他的理由之一是，白話文並不比文言文繁冗，而且只有更簡約。這是針對了報館老闆們怕改了白話文而要增加篇幅的心理而「對症下藥」的。「不足為訓也」。其實日報記事之所以懨懨無生氣，其病源不僅在記事有公式，什麼：言寒必「朔風刺骨」，記私奔必「雙宿雙飛，儼若鴛鴦」，而且還在求簡。他們只是記帳人，他們的新聞，只是帳簿式的記事，換一句話說，便是，只有記述，沒有描寫。這便是深中了古文家求簡之毒的，或可以說是沒有寫文章能力或描寫一件故事的能力的記者們之遁跡的所在。因為搖筆即來的「火光燭天」，「大地銀裝」，寫來多末方便。挖空心思去想像一個慘怖的火場的景色，或一場新雪的新鮮的感覺，是傻瓜們做的笨重的工作。

所以今日新聞之改革，其必須改用白話文做記事，是無可懷疑的。而其改用白話文之最重要理由之一，便是打破了用文言文的苟簡的公式化的記事，而注重於有描寫的新聞記事的新的道路。如果要把緊要新聞，寫得生龍活虎似的活潑生動，那自然是必須趨重於描寫的，換言之，便必然的要「繁」，要「盡態極妍」的在描狀著。我們必須揭發事實的真相，無須乎欺騙與誘勸。報館老闆們如果感覺到讀者們有必須讀活潑生動的新聞的需要時，為了維持他們的銷路，他們必定會不惜犧牲其篇幅以刊登「繁」文的記事的。

同樣的，除了小品和短詩之外，求繁差不多是近代文學的特色之一。用數十百萬字，寫一個人一天之內的心理的變化，也不會有人以為繁的。而吳承恩原本《西遊記》，其繁處卻遠勝於朱鼎臣、楊致和的刪改本。如果有人把《紅樓夢》刪成兩三萬字的節本，豈不是精華全去，糟粕徒存！所謂近代的短篇小說，也不僅以短為尚。許多重要的短篇小說，往往是在二三萬言以上的。

所以，我們如果要文壇走上了大道，要有偉大的名著出現，那必須提倡一個「繁」字；至少也要掃除了求「簡」的心理。簡便是陋，便是苟。要文章寫得不苟、不陋，那必定得用心在「繁」字上用工夫。

原始的歷史，以數字，數十字，記人的一生。今日的小說卻把一日的故事寫成數十萬言。這到底是進化呢，還是退化呢？可不煩言而便能明白的！

文藝復興中國文學研究號題辭

文藝復興中國文學研究號題辭

在二十多年前，《小說月報》刊出了一個《中國文學研究專號》。在十多年前，《文學》也刊出了一個同名的專號。現在，《文藝復興》又刊行第三次的《中國文學研究專號》了。

第一個《中國文學研究專號》成就相當的好。最重要的是，把小說、戲曲、彈詞、寶卷等那些向來被視為「不登大雅之堂」的民間文學，抬出來和周秦諸子，兩漢文章，唐詩、宋詞，同樣的作為研究的對象。那時，唐代的講唱文學，稱為變文的，也開始受到我們的注意。許地山先生在那個專號裡，開始討論著中國文學，特別是戲劇所受到的印度文學的影響。把中國文學的研究，不再侷促於本國的載籍的圈子以內，而能跳出那「迷戀骸骨」的「如來佛的手掌心」之外，知道中國文學在世界文學裡，並不是孤立的，也並不是獨往獨來，空無依傍的。她和一切文化的產品一樣，也是要受到外來的種種影響而時起變化與進步的。她是世界文學的大家族裡的一員。這個提示是異常的重要的。這個研究還只是一個開端，且還未到達有偉大的結果的階段。

這第一個《中國文學研究專號》，至少做到了兩點，第一，把中國文學所包羅的範圍放大了，特別是關於講唱文學的研究的一部分，完全是一個新地；第二，不把中國文學作為孤立的研究，而知道把她放在世界文學的大家族裡，開始討論著她所受到的外來的影響。

第二個《中國文學研究專號》，則已經脫離了前一個專號的啟蒙時代的事業，而做著比較深湛而切實的工作。有好幾篇關於中國文學與外來文學關係的文章，已是相當的專門性的。對於古來文學裡的新發現的研究資料和作品，也有很詳盡的報導。這一個專號在實際上是承繼了第一個專號的工作而繼續的發展下去的。

現在，這第三個專號，將是怎樣性質的呢？有沒有更新的發展？有沒有獨創的研討？有沒有與前兩個專號不同的地方？是繼續著前兩個專號的工作呢？還是有所改進和變更？

於沒有說明這些問題之前，先要把這十多年來關於中國文學研究的傾向與發展，極簡單的敘述一下。

偉大的抗戰，占據了十之八的這個時間。中國分成了兩個部分，自由區和淪陷區。在淪陷區裡，除了極少部分的學者們在杜門不出，默默的從事於「藏之名山，傳之其人」的工作之外，其他公開的在敵偽所主持的機關刊物上發表文章的「人」，只是流連過去，談談不關痛癢的古典東西。可以說是，一點創見、一點成績也沒有。沒有靈魂的人如何能夠寫得出有靈魂的文章來呢？這裡可以不必費辭的去述及他們。只有開明書店出版的《學林》，和《文學集林》，比較有幾篇結實的文章。

但在自由區裡，情形便不同了。雖然書籍的缺乏，成了普遍的現狀，而在物質條件萬分困難之下，卻有了很好的成績。郭沫若先生的關於屈原的研究和聞一多先生的〈詩經新義〉、〈離騷解詁〉、〈天問釋天〉等篇，都有很大的影響。聞一多先生的關於唐代詩人的研究，像〈杜少陵年譜會箋〉、〈岑嘉州繫年考證〉等尤有新的研究的方法，開闢了一條從前沒有人走過的道路。陳寅恪先生的關於〈東城老父傳〉等幾篇考證文字，也極有力量。還有很多的學者，也都在流亡與轟炸中成就了不少研究的業績。

勝利以後俗文學的研究也有了一個組織——中國俗文學研究會——並且在報紙上刊印了兩三種的「俗文學」副刊，那努力是很可佩服的。

我們的這一個專號，將怎樣的繼續著抗戰時期的成就呢？在研究條件上，復員後是優越得多了。而更重的苦難，又壓在一般做研究工作者們的身上。「從容論道」的機緣是不會有的。然而，許多做研究工作者們還是在喘不過氣來的低氣壓之下，寫出了不少文章。我們這裡盡可能的邀約全國的學者們為這個專號寫出他們的研究的成就的一部分。

關於梵文學和中國文學的血脈相通之處，最近的研究呈現了空前的輝煌。北京大學成立了東方語文學系，季羨林先生和金克木先生幾位都是對梵文學有深刻的研究的。吳曉鈴先生對於這一方面，所得的成就甚高。比起第一個專號出版時代，僅僅有許地山先生等寥寥幾位，在寂寞的工作著而得不到共鳴的情形來，的確現在是進步得多了。

於外國的學著們研究中國文學的業績，我們也想著做些介紹和批評的工作。外國的學者們的研究，有時很粗率、浮誇，但也時有深湛而獨到的意見，可以給我們做參考。又我國文學作品曾被介紹到世界文壇裡去的很不少，對於世界文學也相當的發生了影響。在這個專號裡，我們邀約了王重民先生、季羨林先生、萬斯年先生、戈寶權先生和其他幾位先生們寫這個「專題」。我們相信，這個工作一定會給中國許多的做研究工作者們以相當的感奮的。

我們很想對於各地的方言文學下一番工夫，寫出幾篇文章來。這個工作在今日是異常重要的。文學是屬於人民大眾的。但今日的人民大眾，能否接受古典文學和西洋化的新文學呢？所謂「民間形式」的問題，在今日是討論的中心。像《李有才板話》、《劉巧團圓》，曾引起廣大的注意和辯論，我們很想多介紹些各地的「民間形式」的文學的研究——這在第一個專號裡就已注意到的——可惜編者所藏的二萬多本的民間歌謠和小劇本都已毀於戰火，一時也難再收集起來。盼望讀者們和作者們能夠供給我們以這一類的材料和文章。

在這個專號裡，古典文學的研究並不曾被忽略。我們很希望能夠得到些有新的研究方向的文章。在這裡所收集的好些力作裡，研究的方法並不一定相同。但研究的態度是懇摯的；研究的工夫是深刻的。我們非常的感謝許多友人們的幫助。沒有他們的有力的文章，這個專號是不會和讀者們相見的。

這個專號將分成二冊或三冊出版。在今天，白紙等於黃金，而印上了黑字之後，卻價值一落千丈。出版家們刊印了幾部白紙黑字的書籍是極感困難的。我們在萬分艱難困苦之中，畢竟將這個專號出版了。上海出版公司的好意與努力，我們也應該十分感謝的。

上冊在這裡先行呈獻給讀者們。還有好些篇重要的文章，都留待將繼續刊行的下冊或中下冊裡發表。

讀者們有什麼意見，我們是異常的歡迎的。做研究工作的先生們如有文章見賜，我們也異常高興的接受著。

正當本冊付印時，我們得到了朱自清先生的噩耗。這似一聲霹靂，把編者震得呆住了。朱先生對於這個專號幫助極多。他是編者的三十年來的好友，研究的方向相同的很多。他的逝去，不僅是青年們失去了一個良師，中國文壇裡失去了一個巨人，中國文學研究者們失去了一個好的指導者，同時也是苦難的中國，失去了一個最有良心的好人和學者！謹以本專號獻給朱先生之靈！我們還盼望朱先生的全集，不日可以問世。

文藝復興中國文學研究號題辭

我們所需要的文學

一

我們早就聽夠了公子哥兒們的小鳥兒似的綺靡的歌聲；

我們早就看夠了青年們的無病呻吟的嘆窮訴苦的文學；

我們早就厭膩了誇張、放大的本來不必告訴給大眾知道的個人的故事（例如無希望的戀愛，或其他個人經驗裡的小小的一個風波等等）；

我們早就鄙棄了「有閒」人物的描寫遊山玩水，流連風景的，淺薄無聊的詩文。

然而這些文章卻在近幾年的文壇裡占據了極廣大的地位。一翻開一部雜誌或什麼日報的副刊來看，幾乎大部分的文藝都是這樣令人覺得不耐煩看下去的淺薄無聊的文字——當然，在其中，也未免有幾篇比較可以滿意的東西，我們不能一概抹殺他們。

別的人感想如何，我不知道，我自己——還有大多數的常常聚談的友人們——則的確對於這些流行的作品和這種流行的題材，流行的作風，覺得十分的淡漠或十分的不感到興趣。即使作者的文字寫得十分的漂亮，但在我個人看來，則其骨子裡似乎仍然是很空虛的，無聊的，彷彿是一杯白水，雖然加上了紅的綠的顏料，卻依然是一杯淡而無味的東西。

特別是，在「九一八」、「一二八」的接連而發生的大事變以後，不僅是我或我的大多數的朋友們，即一般的讀者們，對於那些無聊的故事、散文和詩歌等等，似乎也漸漸的感覺到其「無意識」的了。

這是一個大時代，比「五四」和「五卅」都更偉大的一個時代。在這個大時代裡，乃擺放著那許多「無聊空虛」的文學著作在文壇裡，豈不是很可怪的事麼？

然而，公子哥兒們仍在綺靡的唱，青年們仍在對公眾嘆窮訴苦；作家們仍在誇大的描寫著個人的小小的經歷；「有閒」人物們仍在做他們的無聊的散文和遊記。

如此偉大悲壯的一個大時代，在許多作家們的身邊，僅輕喟的一聲便悄然的溜滑過去了。

這是一個甚樣大的損失！這是一個甚樣的可悲嘆的現象！

二

「五四運動」曾在文壇上留下了它的深入的足跡，至少，它是喚起了一般作家的人道的自覺。當時，曾有許多作家在高喊著「血與淚」的文章，曾有許多作家在高唱著反抗的詩歌。有許多淺薄的作品，如今是被「年月」所埋葬了，然而老實的說起來，當時的淺薄，卻並不就是「無聊」。他們的技術是「淺薄」，但他們的感情和意識卻是偉大深厚的，他們的心是熱的；那「淺薄」只不過是初期的改革運動裡的必然的一種現象而已。

當時曾把幾千年來傳統的，冷漠的，個人主義的文學打得個粉粉碎碎，使它一蹶便不再爬起來。

「五卅運動」又曾在文壇上留下了它的深入的足跡——那是一個較「五四」更深入的印下去的一雙足跡。「五四」是一個普遍的思想界的反抗的時代；「五卅」卻是一個更偉大的一部分青年的實際行動的反抗的時代。當時的作家們，一部分便在號召著革命，在鼓動著革命運動的來臨。等到革命行動真實的來到時候，他們便也真實的放下筆桿子，拿起槍桿子來！等到所謂高潮過去了的時候，他們便又在寫著。這一次卻是與前不同了。真實的經驗，真實的行動，真實的反抗，真實的鬥爭，使他們更深刻了，更熱情了，更偉大了。所以，這時代所產生的文學，當然要較五四時代更來得精深有內容，技術上有時仍不免要淺薄，但精神卻是更偉大，情緒卻是更熱烈。在實際上說來，文學的技術也實在是在進步。

現在，離開五卅時代還不過三數年；一部分作家仍是在呼號，在努力，在向前。但文壇裡的大多數的作家，卻是萎靡了，在退化了，所歌唱所訴說的還只是個人的小事，無聊的回憶；不僅要回到五卅時代以前，甚且要回到五四運動以前的文壇的情形的了——幾千年來的文壇上的古舊的精靈又在復活，又在蠢動了。

便在這樣的一個大時代，「九一八」和「一二八」的大時代裡，他們也還是依舊的在綺靡的唱著，在悲嘆的訴說著自己的苦；在誇大的描寫著自己的小小的經歷；在做著無聊的散文。

如此偉大悲壯的一個大時代，難道便真的讓它在大多數的作家們身邊悄然的溜滑過去麼！？

三

不！不！我們該提醒他們，我們該呼喚他們。

我們要在他們的耳朵旁邊，懇摯的大聲的提示著：「當前的一個大時代是在走來了；它的沉重的足音已響在你的身旁了。起來，親愛的作家，你不該讓它悄悄的走過去才好！」

我們要繼續不斷的在提示著，呼喚著。總會有幾個人聽得見我們的這樣的呼號的。不必我們，就是當前的這個大時代它自己，也會以其轟轟的沉重的足音震動著他們的耳鼓，也會以其燦爛得令人目眩的爭鬥的火花刺激著他們的眼睛的。

等著瞧，我們。總會起來的，那一班的作家們，除非他們是麻木到不可救藥，他們的耳或目是聾或瞎到不能聞不能見的地步。

但是，我們要呼喚，要提示！

在當前的這樣的大時代裡，我們是要呼喚，要提示！「時代」和「熱情」逼迫得我們該這樣的做去！

四

我們要明白，文學的感化力是極為巨大的，深入的；文學的影響，雖然是不易立刻見到，卻是無形的普遍與久遠。一首詩的權威，可以壓迫得一個人完全變動了他的人生觀；一篇小說的勢力，可以感動得一個人整個的改換了他的生活的方式。文學在人的思想上的影響，要比哲學不知高到多少倍。人們都是不願意聽教訓，願意聽友朋們的溫語的，不願意聽說教義，談哲理，而願意潛移默化於偉大的人格的籠罩中的。文學的作品便是最好的友朋似的溫語，便是最好的給讀者們以偉大的人格的薰染的。

我們該看重，該不輕蔑文學的威力！更要珍慎的使用這種無孔不入的威力！

由不良的文學所發生的一切不良影響，我們該一概的排除、放棄、打倒。易言之，我們該無條件的斥責、掃蕩那些不良的文學！

武俠小說的發展與流行，害苦了一般無充分識別力的兒童們；那一批躺在上海的鴉片煙榻上的不良作家們，在他們的隨了一圈圈的煙圈而糾繞著的幻想裡，不知傳染了多少的清白無辜的富於幻想的小兒女們。報紙上所記載的許多棄家求道的男女兒童們的可笑的故事，便是他們的最好的成績！

神魔小說像《西遊記》、《封神榜》之類，其中若干人物，在從前曾成為義和團所崇拜的人物的一部分，在如今還在中原不斷的創造出什麼紅槍會，綠槍會，以至黑槍、白槍會。他們的最狠惡的成績，便是把無辜的勇敢的農民們活活的送入了魔術的虎口與絕對走不出去的萬花陣裡去！

超出於這兩派顯著的幻想的文學的毒害以上若干倍的，便是如今流行於文壇的那種「個人中心」主義的作品。

他們看不出有什麼顯著的毒害，但其毒害種在青年們的心理上卻是深之又深，久之又久的；他們原是幾千年來的文壇的精靈的化身。他們使青年們走上「個人中心」主義的路上去！使他們回覆到中古時代的生活中去，使他們忘記了現實的爭鬥，使他們離開了現在的社會與世界，使他們聽任大時代在身邊悄然的溜滑過去了而不一動心。總之，是使他們離開了群眾，放下了該做的工作，應盡的責任。

安於小就，專心於小事件，迷戀於小經歷，徘徊於小園地之中，以個人的小小的悲歡，為人生的整個意義；有狂熱，有追求，有悲歌，有失望，但卻都是侷促於個人的小小的回憶之間的——那便是他們的最高的成就，最後的成就！

一大群一大群的青年們跟在這樣的隊伍後邊走去，那不是一件小事。

我們該喚醒，該提示他們！

五

我們說，偉大的文學並不是那樣的！

偉大的文學永遠是和偉大的時代相合奏的。

偉大的時代永遠是一個群眾抬頭時代。

偉大的作家們從不曾離開群眾過。偉大的作家們更不會是侷促於個人的小天地之間，迷戀、沈酣於小小的個人的悲愉之際遇，與回憶裡的。

抬起頭來；無垠的地平線上，廣大的群眾在當前。

躲藏起來呢？還是向前走去？為可愛的群眾、社會效力呢？還是依然的沉迷於個人的小小的悲愉之中？

在這其間，該有個選擇，親愛的作家們！

「五四」是一個思想的改革時代，但並不是革命的行動的時代；

「五卅」是一個實際的行動時代，但還沒有普遍的呼號的力量；

但「九一八」以後卻是一個更有力的更偉大的時代。

一個比往常都更重的打擊，從外來的最凶狠的敵人的辣手之下送過來的，直震動得我們的這一塊大地的心肺都炸裂開了；最惡辣的人道上與文化上的屠殺，直使最溫和的人民也都蹶然的想起來。從海底擾起的大波浪，並不是浮面的粼粼波動，這是：

整個的北部與南部的中國人的生活都受到直接的最沈痛的危害。

已經是到了在踢翻你的床榻的時候了，再酣睡下去是不可能的。

真實的爭鬥，用全力的生與死之間的爭鬥是在前面等候著。

廣大的數不清的群眾，在吶喊，在騷動，在向前。

親愛的作家們，還能恬然的安居於個人的小小的園地裡面麼？

偉大的作家們永遠是和偉大的時代相合奏的，最偉大的作品也總是為最廣大的群眾而寫的。

該睜開眼睛看看。當前的大時代在走來，在站在這裡等候著！

在等候偉大的文學的誕生！

力的文學，
爭鬥的文學，
為群眾而寫的文學，
刺激的，呼號的，熱烈的文學，
這——乃是我們所需要的，
寧願有刺的粗糙的東西，
但絕不願意要光滑而空虛的什麼！
五四時代的「血與淚」的文學是幻想中的爭鬥的成績；
五卅時代的革命文學是初期的呼號與努力的結果；
我們這個時代的文學該有個更偉大的前途。
在這熱烘烘的，火辣辣的偉大時代裡，正是偉大文學的誕生的最適宜的時期。
在真實的生或死的爭鬥的火光裡，照見一個偉大的文學的誕生，而吶喊、衝鋒、砲彈的炸裂便是誕生的賀歌。

而廣大的群眾也正在等候著。

是起來的時候了，親愛的作家們！

抬起頭來；無垠的地平線上廣大的群眾在當前。

一九三二年，三月二十五日於北平

我們所需要的文學

迎「文藝節」

迎「文藝節」

迎「文藝節」！

全國慶祝「文藝節」，今天是第一次！

我們在淪陷區裡八年，從來沒有慶祝過一次「文藝節」，有的人，甚至連「文藝節」這個名稱，還是現在第一次知道。

把「五月四日」定為「文藝節」，是有其特殊的意義的。

五四運動是中國歷史劃時代的一個運動，其開始是政治的愛國的運動；但其影響，卻深滲於思想、文化、科學、文藝各方面，特別是文藝方面受影響最大，其成就也最大。

五四運動使中國急驟的走上現代化的道路。她的精神是「科學」與「民主」。這精神，到今日也還是我們所要遵循的。

「科學」的精神使我們脫離了過去的玄學的，幻想的，雜亂無章的，知其然而不知其所以然的思想的範疇，而走上一條新的道路。

「民主」的精神使我們脫離了過去的屈辱的，奴隸的，專制的，「民可使由之，不可使知之」的政治的思想的奴化的範疇，而達到了一條自由的人民自主的道路。

在文藝上，特別發揚著這「科學」的與「民主」的精神。

在「五四」以前，中國的文藝，陷於一種麻痺的狀態之中；沒有一箇中心，沒有一個大作家，沒有一個新的風格，沒有一部可稱為偉大的作品，一切都在一池汙水裡打滾著。不能超越過古文學所賜予的影響。外來文學雖然曾經輸入若干，也不能發生任何重要的作用。

什麼都是沉寂、靜止；偶然也有一陣喧譁，但那聲音是那末嘈雜而低弱。

文學革命論的起來，無疑的給中國文學注射進一種新的生命。但在「五四」以前，影響並不甚大。從五四運動起來以後，這影響方才陪伴著學生運動的展開而急驟的廣播於南、於北、於東、於西，而有了一個決定性的作用。

所以，把「五四」作為「文藝節」，是有其特殊的意義的。

把「五四」定為「文藝節」，說明了文藝工作和政治運動，思想運動是分不開的。文藝家絕對的不能把自己關閉在象牙塔裡，在做著白日夢。你雖然想自遠於政治的潮流，想隱居在大都市或小村鎮裡，以寫作為事業，自鳴清高，但一舉一動，一呼一吸，「政治」卻饒不過你；她一定要拖了你走的；你不向前走，那末，你必須向後退。你一想到在抗戰時期或在敵偽時代，你的寫作是受到如何的不自由的限制與檢查、刪改，你便明白，「政治」對於你，是有多末大的作用了。你如果不向前奮鬥，爭取民主，爭取寫作的自由，那末，你在寫作事業的過程一定會受到無窮的憤怒與壓迫，無量的限制與被支配的。

「思想」是文藝作品的生命；一個偉大的文藝作家，本身便是一位偉大的思想家；一部偉大的作品，本身便是一部偉大的哲理書。沒有深邃的思想的作品，便是沒有生命的作品。所以，文藝作家們總是站在思想運動的前面，而作為其前鋒與其中心的。歐洲的文藝復興運動，不是以米卻朗琪羅、但丁諸家為先驅者，為中心的麼？

五四運動既以科學的與民主的精神為目標與方向，那末，我們的文藝作家們自然也離不開這兩種目標與方向了。

所謂科學的精神，在文藝作家們是必需的。文藝批評，已不復能囿於直覺的，欣賞的傳統的狹的籠之內，他們不能像過去似的僅僅尋章摘句，矜一字之奇，賞一句之麗；他們必須以精密的尺度，深刻的思想，來解剖、來分析一部作品；他們不僅要瞭解作品的本身，還須明瞭那部作品產生的時代背景和創作的過程以及作家的生活與思想等等。那工作是艱巨的，其艱巨不亞於化學家的在試驗管、酒精燈旁的工作。

而文藝作家們，在寫作時，如何把社會的現象，人性和事實，加以橫斷面的剖析，加以想像的描寫，其所需要的精密的考察與研究，也絕不會是「率爾操觚」的；其事前的研討，與寫作時的謹嚴、慎重的態度，也是不亞於一位科學家的。

福祿貝爾寫他的《薩朗波》時，他的精勤的努力不下於一位考古學者；一位劇作家著手一部歷史劇的寫作，其所需探討的史書與札記、書簡、日記之屬，也是不下於一位歷史家的。

所謂民主的精神，更是我們文藝作家們的起沈疴，療痼疾的對證良藥。

過去的我們的文人們，寫作的範圍是很窄狹的。除了極少數的作家們以外，最大多數的作家們，不是嘆窮訴苦，自悲身世，便是歌功頌德，獻媚帝王。前者便是所謂草野文學，後者便是所謂廟堂文學。歌功頌德之作品是不會有生命的，讀之令人自有一種不愉快的厭惡之感；連李白〈上韓荊州書〉，韓愈〈上宰相書〉等都在內——雖然他們不無時代的意義——而嘆窮訴苦之作呢，也多數不過是像《伊索寓言》裡的狐狸似的，見葡萄架太高，自己吃不到，便是葡萄酸一類的情形而已；身雖在草野，而其心卻仍在「魏闕」的。

而今日的文藝作家們呢，那情形卻要大殊於前了。他們不是一個特殊的階級；不是像從前所謂「士為四民之首」，「學而優則仕」，「萬般皆下品，唯有讀書高」的一種人物。他們是生於人民之中，為人民而寫作——也是為自己而寫作——的一種人了。他們的寫作的範圍與從前不同了；廣大得多，繁賾得多，也不同得多了。他們生存在不同的天地裡，寫作著不同的作品。他們所寫的，常是前人筆鋒所未嘗接觸得到的。他們不是站在象牙塔裡，下望著群眾的疾苦與活動而寫著的。他們身為群眾中的一人，他們為自己，也是為群眾，而寫作著。他們不是一個旁觀者，他們是熱烈的群眾中的最熱烈的一人。

民主的精神，第一，便表現在這種與前代殊異的觀念上。

其次，民主的解放的運動，在今日還在進行著，爭鬥並沒有止息；作為人民的一員的文藝作家，自須盡其力量，為此運動而不斷的爭鬥著。

民主運動與文藝運動是分別不開的。

從「五四」以來，別的部門，常常是走著彎曲迴旋的道路的，只有文藝運動卻是一直向前走去的，不曾停過步，也不曾走過回頭的冤枉路。

所以，把「五四」定為「文藝節」，是有著特殊的意義的。

迎「文藝節」！

迎這舉國慶祝第一次的「文藝節」！

發揚「五四」的精神！為民主運動而爭鬥！

「文藝節」給我們以一種警惕與鼓勵！

我們要記住：文藝運動和民主運動是分不開的！

爭鬥正在進行著！文藝作家們要奮身的投入這個爭鬥中，為人民的一員，為民主運動而不停不息的爭鬥著！

「文藝節」在今日是更具有一種特殊的意義的！

迎「文藝節」

譴責小說

譴責小說

大家似乎都以異樣的懷疑的眼光去看小說家。「某人是做小說的」，說這句話的人，對於這一位小說家至少總有些鄙夷他而又驚怕他的情緒。大家都以為小說家是一位偵探，似欲偵探人家的陰事而寫之於紙上的；是一位輕薄的無賴，常以宣布人家閨閣中事及某某人的祕密，為唯一的任務的；是一位刻毒的下流人，常以造作有傷道德名譽的事，隱約的筆之於書的。當小說家靜聽人談話時，或眼光射到某處時，大家便以為是在搜尋他的小說材料。

於是大部分的人，對於小說家都抱敬而遠之的態度，都具有一種鄙夷他而又驚怕他的情緒。

為什麼大家對於小說家會有這樣的一種異樣的態度呢，為什麼他們會如此誤會我們的小說家呢？

這有一個大原因在。

大家之所以看不起小說家，對小說家起這種誤會，其責任的一大部分，應該由近數十年來在那裡做流行一時的「譴責小說」的人擔負。

原來我們中國人的做小說，一向很喜歡用真實的人物為書中的人物。所謂「演義」

自然是以歷史上的人物為書中的人物。其餘小說，如《今古奇觀》一類的東西，也有一部分是以當時盛傳的實事為他們的題材的。《儒林外史》中所寫的人物，差不多個個都是真的人，杜少卿、慎卿就是作者及他的哥哥，莊徵君就是程綿莊，馬純上就是馮萃中，牛布衣就是朱草衣，權勿用就是是鏡，其他諸人物也都可考。《品花寶鑑》是敘畢秋帆、袁子才、蔣苕生、張船山諸人的，《花月痕》亦有人謂是敘李次青、左宗棠諸人的。因此讀小說的人，養成了每欲探按書中某某人物的背後是某某人的習慣。除了幾十部歷史小說，如《北宋楊家將》、《粉妝樓》等，以及其他性質的小說，如《包公案》、《鏡花緣》、《西遊記》之類外，差不多沒有一部小說不被讀者如此的猜索著的。《金瓶梅》中的西門慶，有人猜以為是嚴世蕃。《紅樓夢》中的賈寶玉，有人猜以為是納蘭容若，有人猜以為是清世祖，又有人猜以為是某一個人。其他林黛玉、薛寶釵，以至襲人、晴雯，也以為各暗指一個人。總之，由我們的讀者看來，大部分的小說都是有所為而作的，都是以筆墨報仇的，不是譴責時人，便是嘲罵時人。其中的人物，大多數都是有所指的，都是實有其人的。到了近來，「譴責小說」的作者日益多，這種小說日益風行，於是益證實我們的讀者的「小說中人物都是有所指的」這個主張的正確。

「譴責小說」大約是始於南亭亭長的《官場現形記》一書罷。此書之出，正當我們厭倦腐敗的官僚政治，嫉惡當代的貪庸官吏之時。南亭亭長的嚴厲的責備，與痛快的揭發他們的醜惡，敘寫他們的「暮夜乞憐，白晝傲人」之狀，使時人的鬱悶的情緒為之一舒，如在炎暑口渴之際，飲進了一杯涼的甜水，大家都覺得痛快爽暢。於是這一部書便大為流行。《二十年目睹之怪現狀》及什麼《新官場現形記》、《續官場現形記》之類，都陸續的出來了。《留東外史》也為此著而出現，益張「譴責小說」的旗幟。這個時候，小說真成了譴責的工具，小說家真成為人家隱事的偵探者與揭發者了。其流風至於今而未衰。什麼《人間地獄》、《黑暗上海》，什麼《上海水滸》等等，都是以真實的人物為書中的人物，以譴責的態度，為他們的敘寫的態度的。於是大家對於所謂「小說家」便有一種異感，以他們為偵探、為輕薄的無賴，為好揭發或造作人的陰私的下流人。

這種的「譴責小說」，可算為偉大的或上等的小說麼？這種的小說家可算為偉大的或可崇敬的小說家麼？以我想，絕不能的。

我們要知道，小說的重要任務，本不在於揭發或布露人間的黑幕——至於揭發某某人的陰事，更是「自鄶以下」的無聊而且卑下的舉動了。小說家的態度，本不當為冷笑的，譴責的，嘲罵的。小說家要敘寫實事，要以真實的人物為他們的人物，本也無妨。然以冷笑的，譴責的，嘲罵的態度對於他的人物，卻是絕不可的。以揭發或布露某某人的陰私為目的，卻更是萬萬不可以有的舉動。這種舉動，使小說的尊嚴，被汙辱了，使尊榮的可愛的小說家，被人看得卑賤了。什麼時候這種小說可以絕跡，什麼時候我們的尊榮可愛的小說家便可以被大家以親切的面目，崇敬的態度相待了，小說的尊嚴，便也可以恢復了。

「那末，」有人問，「小說的重要任務，該是什麼呢?小說家的態度該是怎樣的呢?」

把永在的憂鬱與喜悅，把永在的戀愛與同情，寫在小說中，使人喜，使人悲，使人如躬歷其境，又且句句話是他們自己所欲說而未說，而不能說的。人的同情心因而擴大；人的勞苦，鬱悶，犧牲，自己所未能告訴的，作者已為他告訴出，敘寫出了。他給讀者以理想的世界，以希望的火星，他把他自己的熱情，自己的心腑，都捧獻出，他有時表滿腔的同情於他所創造的人物，有時完全以旁觀的態度對待他。但止於旁觀而已，卻並不再進的譴責他，冷笑他，嘲罵他。柴霍甫寫他的一個可愛的人，原想把她寫得壞的，結果卻把她寫得異常的可讚頌，異常的可愛。西萬提司寫吉訶德先生，粗看之，好像他是在嘲笑他，看到後來，卻什麼人也會為這個愚而誠的武士所感動了。狄更司的《賊史》，寫猶太人法金那樣的可惡可恨，他的《滑稽外史》，寫英國某鄉的教師那樣的殘忍下流，然他對他們所持的態度仍是極嚴肅的，不譴責，也不嘲罵。小說的任務便是如此，小說家的態度，便是如此。

沒有一部偉大的上等的小說是專以揭發人的隱事、人間的黑幕為他的目的的。沒有一個偉大的上流的小說家是持冷笑的、嘲罵的態度來敘寫他的人物的。

「然而，」又有人為譴責小說辯護，「他們對於社會上的惡人，不是也可以給些懲戒麼？」

不能的。小說本不是懲戒惡人的工具，惡人也未必因被寫入小說而知所顧忌，我們中國的人本來有喜談人隱事的習慣，本是最沒有同情心的，對一切人，對一切事，都冷笑，譴責，嘲罵。而這種譴責小說恰正是投他們之所好，恰足以助長他們這種的惡習慣與惡態度。我們欲使中國前進，欲使中國人變為有同情心而懇切，嚴正的，便須先撲除這一類的譴責小說。

我們的小說家，為什麼不移你們的筆端，移你們的眼光，向更遠大，更可寫的地方望去，寫去呢?永遠的被人視為偵探，視為輕薄的無賴，視為刻毒的下流人，永遠的不能得人親切的同情，這是可以忍受的麼?

我們要光復小說的尊嚴——要改正大家對於小說家的敵視態度——不可救藥的職業小說家也許不足以語此。

譴責小說

論武俠小說

當今之事，足為「人心世道之隱憂」者至多，最使我們幾位朋友談起來便痛心的，乃是，黑幕派的小說的流行，及武俠小說的層出不窮。這兩件事，向來是被視為無關緊要，不足輕重的小事，決沒有勞動「憂天下」的君子們的注意的價值。但我們卻承認這種現象實在不是小事件。大一點說，關係我們民族的運命；近一點說，關係無量數第二代青年們的思想的軌轍。因為這兩種東西的流行，乃充分的表現出我們民族的劣根性；更充分的足以麻醉了無數的最可愛的青年們的頭腦。為了挽救在墮落中的民族性計，為了「救救我們的孩子」計，都有大聲疾呼的喚起大眾的注意的必要。

關於黑幕派小說的流行，我們將別有所論。現在且專論所謂武俠小說。

武俠小說的流行，並不是最近的事。很遠的，在我們的唐代中葉之時，便已有了這種小說的萌芽在生長著。裴鉶《傳奇》中的幾篇著名的記載，例如〈崑崙奴〉、〈聶隱娘〉等，便是這類小說的代表。（後來有人集合這一類小說多篇，名之為《劍俠傳》，託名段成式撰。）宋初，吳淑作《江淮異人傳》，也帶有很深刻的唐人的劍俠小說的影響。此後，幾乎沒有一代沒有這一類的作品出現。最後，便是林琴南氏的《技擊餘聞錄》。當文學革命的初期，蔡、胡、陳他們在竭力提倡著國語文學的時候，林氏還寫了一篇類乎武俠小說的文字以為口誅筆伐呢。較這些傳奇更有影響的，乃是一些長篇小說，像《施公案》、《彭公案》、《三俠五義》（即《七俠五義》之原名）以及《七劍十三俠》、《九劍十八俠》之類。他們曾在三十年前，掀動過一次軒然的大波，雖然這大波很快的便被近代的文明壓平了下去——那便是義和團的事件。但直到最近，他們卻仍在我們的北方幾省，中原幾省的民眾中，興妖作怪。紅槍會等等的無數的奇怪的組織，便是他們的影響的具體的表現。

這種武俠小說的發達，當然不是沒有他們的原因的。最重要的原因之一，便是一般民眾，在受了極端的暴政的壓迫之時，滿肚子的填塞著不平與憤怒，卻又因力量不足，不能反抗，於是在他們的幼稚心理上，乃懸盼著有一類「超人」的俠客出來，來無蹤，去無跡的，為他們雪不平，除強暴。這完全是一種根性鄙劣的幻想；欲以這種不可能的幻想，來寬慰了自己無希望的反抗的心理的。武俠小說之所以盛行於唐代藩鎮跋扈之時，與乎西洋的武力侵入中國之時，都是原因於此。

但這一類「超人」的俠客，竟久盼而未至，徒然的見之於書冊，卻實在並未見之於現實的社會裡。於是，民眾中的強者們便天天在扼腕於自己的不能立地一變而成為一個俠客，為自己，為他人，一雪其不平；同時，黠者們便利用了這一股憤氣與希望，造作了「降神」、「授術」、「祖師神祐」、「槍炮不入」等等的邪說以引誘著他們。於是，在不知不覺之間，便釀成了「無辜的」大禍。而這禍，卻至今還在不斷的蔓延著呢。不知有多少熱血的青年，有為的壯士，在不知不識之中，斷送於這樣方式的「暴動」與「自衛」之中。嗚呼，誰想得到武俠小說之為患有至於此的呢！

在五四時代的初期，所謂「新文化運動」初起之時，「新人們」是竭了全力來和這一類謬誤的有毒的武俠思想作戰的。當時，雖然收了一些效果，但可惜這些效果只在浮面上的——所謂新文化運動至今似乎還只在浮面上的——並未深入民眾的核心。所以一部分的青年學子，雖然受了新的影響，大部分的民眾卻仍然不曾受到。他們仍然是無知而幼稚的，仍然在做著神仙劍客的迷夢等等。

到了今日，「五四時代」似乎已成了過去的史蹟了；「五四」的領袖人物，最重要的幾個，也似乎已經告「老」了——功成身退了——而並不曾徹底影響到民眾的文化運動，便又頓時鬆懈了下去。於是「國」字號的東西，又蠭然的遭逢時會，一時並起，自國學以至國醫，自國術以至武俠小說。猗歟盛哉，今日之為一個復古的時代也。

武俠小說的流行於復古時代的今日，又何足為奇呢！僅在這三四年中，不知坊間究竟出版了多少部這一類的小說。自《江湖奇俠傳》以次，幾乎每一部都有很普遍的影響。

普遍的影響於是乎來了！

《時報》的本埠新聞上，曾屢見不一見的刊載著少男少女們棄家訪道的故事。前年記著法租界某成衣鋪學徒三名入山學道之事；去年三月中，則有白克路之國華學校學生葉光源等五人欲到峨嵋山學道之事。同年五月四日的報上，又載著西門唐灣小學女生周霞珠等三人，聯袂出門擬赴崑崙山訪道事。《時報》記者以為這些都是中了武俠小說及電影之迷。（我上文忘記了述及電影；這乃是一個新式的「文明」利器，用來傳播武俠思想的力量，似較小說為尤直接，普遍，偉大！）

不必說小說及電影了；即小學教科書上，還不充滿了這一類的謬誤思想麼？（參看《小說月報》第二十三期從予君的〈武俠教科書介紹〉一文，他在那篇文中，將世界書局的《新主義教科書國語讀本》第二冊，統計了一下，在三十八課之中，竟有七課是宣傳飛劍之術的。我不知教育部何以會縱容或竟審查透過這些教科書在小學校中流傳的！）

小學生的受害，老實說，還是為害之最小者；其為害於無知、幼稚、不平、熱血的壯年人，那才不可限量呢！

他們使那些頭腦簡單的勇敢的壯年人，忘記了正當的出路，正當的奮鬥，唯知沉溺於「超人」的俠士思想之中，不僅麻醉其思想，也貽害於他們的行為與命運。

他們使大多數的民眾，老實說，我們大多數的民眾還都是幼稚而無知的——得了新的證據，更相信劍俠的傳說，更堅決的陷入無知的阱中。

他們把大多數的民眾更麻醉於烏有的「超人」的境界之中，不想去從事於正當的努力，唯知依賴著不可能的超自然力。

總之，他們乃是：使強者盲動以自戕，弱者不動以待變的。他們使本來落伍退化的民族，更退化了，更無知了，更宴安於意外的收穫了。他們滋養著我們自五四時代以來便努力在打倒的一切鄙劣的民族性！

這可怕的反動，曾有人注意到它沒有呢？

武俠小說的作者們，你們在想要收入並不甚高額的酬報，而躺在煙榻上，瞇著欲睡的雙眼，於瀰漫的煙氣裡，冥構著劍客們的雙劍，如何的成為一道兩道白光，而由口中吐出，如何的在空中互鬥不解之時，也曾想到過他們出版的影響麼？

武俠小說的出版家們，你們在欣喜的一批一批印出、寄出、售出這些小說時，又曾想到他們的對於我們民族的將來的危害麼？

武俠電影的編者、演者們，你們又曾注意到你們的勾心鬥角的機關布景與乎明白欺人的空中飛行，飛劍殺人的舉動，竟會在簡單潔白的外省熱血的青年中發生出可怖的謬誤觀念出來麼？

在如今「三不管」的時候——政府不管，社會不管，「良知」不管——你們是在橫行無忌著，誠然的。但總有一個時候，將會把你們這一切謬誤行為與思想，整個的掃蕩而去靡有孑遺的。而這一個時候，我們相信並不在遠。

好些朋友們都說，「五四時代」如今是過去了。但我卻相信，並不完全過去。我們正需要著一次真實的徹底的啟蒙運動呢！而掃蕩了一切倒流的謬誤的武俠思想，便是這個新的啟蒙運動所要第一件努力的事。

寓言的復興

寓言的復興

中國的寓言，自周、秦諸子之後，作者絕少。此正若繁花盛放於暖室，一旦室毀，則群花在冷露熾日之中，唯有枯死而已。儒家的統一思想，帝政之桎梏人才，都是冷露熾日之流，降射於文藝的花園中，足以使作者情思枯熄，無復有活潑的生氣。後來印度的寓言，雖在六朝時輸入，卻亦不復能燃著中國寓言的美麗光輝。受其影響者，僅有一部分的佛教中人，今其所作，大部見於《法苑珠林》中。韓愈、柳宗元諸作家，似亦頗有意於著作寓言。柳宗元尤為努力。他所作的〈永氏鼠〉、〈黔驢〉之類，亦還有趣。在中古時代而見這種作品，有如在北地見幾株翠綠之竹，臨風擺搖，至可珍異，然我們讀這些作品，總覺得他用力太多，不大有自然的風趣。宗元之後，作者更沒有什麼人了。到了明時，寓言的作者，突然的有好幾個出現，一時寓言頗有復興的氣象。可惜只是一時，不久，他們卻又銷聲匿影了。

在這復興時代的寓言作家中，首先使人想到的是馬中錫。中錫作〈中山狼傳〉，敘東郭先生救一狼，納之於書囊中。狼脫難時，卻反欲吃先生。先生大懼，要狼先問三老，然後再吃他，狼答應了。後來，遇見了老杏樹，遇見了老牛，問他們，都說該吃。最後遇見了杖藜老子，老子道，須先知狼當初受苦之狀，才可決定該吃與否。狼答應了，如前的縮入書囊中。老子急叫先生拔刀殺牠。這個故事很有趣味，但文字很冗長，沒有一般寓言的簡捷。據後來的人相傳，馬中錫作這篇傳，原是為譏諷李空同的。康對山嘗救了李空同，因此一生淪落。後來空同得勢，終不救拔對山，所以中錫不平，為作此傳，此事確實與否，至今未有定論。然康對山他自己也作了一種雜劇，名《中山狼》，今見於《盛明雜劇第一集》中，完全是依據中錫的此傳而作的。又嘗作《讀中山狼傳》詩道：「生平愛物未籌量，那說當年救此狼。」也許這個刺空同之說，竟不是不真實的。

陸灼作《艾子後語》，其中頗有些簡捷而有趣的作品。下舉一例：

艾子有孫，年十許，慵劣不學，每加夏楚而不悛。其子僅有是兒，恆恐兒之不勝杖而死也，責必涕泣以請。艾子怒曰：「吾為若教子，不善邪？」杖之愈峻。其子無如之何。一旦雪作，孫摶雪而嬉。艾子見之，褫其衣，使跪雪中，寒戰之色可掬。其子不復敢言，亦脫其衣跪其旁。艾子驚問曰：「汝兒有罪，應受此罰，汝何與焉？」其子泣曰，「汝凍吾兒，吾亦凍汝兒。」艾子笑而釋之。

但像這一類的作品，太帶滑稽的意味，嚴格說來，不能算是真正的寓言。同時有江盈科作《雪濤小說》，其中卻多半是好的寓言，且帶著極鮮明的教訓的色彩。

見卵求夜，莊周以為早計。及觀恆人之情，更有早計於莊周者。一市人貧甚，朝不謀夕。偶一日拾得一雞卵，喜而告其妻曰：「我有家當矣。」妻問安在。持卵示之曰：「此是。然須十年，家當乃就。」因與妻計曰：「我持此卵，借鄰人伏雞孵之。待彼雛成，就中取一雌者，歸而生卵，一月可得十五雞。兩年之內，雞又生雞，可得雞三百，堪易十金。以十金易五牸。牸復生牸，三年可得二十五牛。牸所生者又復生牸，三年可得百五十牛，堪易三百金矣。吾持此金舉責，三年間半千金可得也。就中以三之二市田宅，以三之一市僮僕買小妻。我與爾優遊以終餘年，不亦快乎！」妻聞欲買小妻，怫然大怒，以手擊雞卵碎之曰：「毋留禍種。」夫怒，撻其妻，仍質於官曰：「立敗我家者，此惡婦也。請誅之。」官司問家何在，敗何狀。其人曆數自雞卵起至小妻止。官司曰：「如許大家當，壞於惡婦一拳，真可誅。」命烹之。妻號曰：「夫所言皆未然事，奈何見烹？」官司曰：「你夫言買妾，亦未然事，奈何見妒？」婦曰：「固然，第除禍欲早耳。」官笑而釋之。噫，茲人之計利，貪心也。其妻之毀卵，妒心也。總之皆妄心也。知其為妄，泊然無嗜，頹然無起，則見在者且屬諸幻，況未來乎？嘻，世之妄意早計希圖非望者，獨一算雞卵之人乎？

又有劉元卿作《應諧錄》，也有幾則有趣的寓言，今錄二則：

齊奄家畜一貓，自奇之，號於人曰：「虎貓。」客說之曰：「虎誠猛，不如龍之神也，請更曰龍貓。」又客說之曰：「龍固神於虎也。龍升天浮雲，雲其尚於龍乎，不如名曰雲。」又客說之曰：「雲靄蔽天，風倏散之，雲故不敵風也，請更名曰風。」又客說之曰：「大風飆起，維屏以牆，斯足蔽矣。風其如牆何？名之曰牆貓可。」又客說之曰：「維牆雖固，維鼠穴之，牆斯圮矣。牆又如鼠何？即名曰鼠貓可也。」東里丈人嗤之曰：「噫嘻！捕鼠者故貓也。貓即貓耳。胡為自失其本真哉！」

于嘽子與友連床圍爐而坐。其友據案閱書，而裳曳於火，甚熾。于嘽子從容起，向友前拱立作禮，而致慨曰：「適有一事，欲以奉告。念君天性躁急，恐激君怒。若不以告，則與人非忠。敢請。唯君寬假，能忘其怒而後敢言。」友人曰：「君有何陳，當謹奉教。」于嘽子復謙讓如初，至再至三，乃始逡巡言曰：「時火燃君裳也。」友起視之，則毀其矣。友作色曰：「奈何不急以告，而迂緩如是。」于嘽子曰：「人謂君性急，今果然耶。」

這一則，讀之可使人發笑。像這種滑稽的故事，當時是很流行的。如耿定向作《權子》，其中此類故事也甚多，然已不能稱之為寓言。所以這裡不說起。

如上所舉的幾則寓言，至今還很流傳於中國各地的民間。我在童年時，曾聽到「艾子撻孫」的一則，後來又見到了好多篇近人記錄的民間故事，其事實頗有與上舉者相同者。間亦有情事略異的，顯然的可以看出他們乃是由原文轉變出來的，如算計雞卵的一個故事，或變為一個乞丐拾到一罐，便幻想大富時之驕貴，一日忽伸手撻其妻，罐乃被打破，一切幻想隨破罐之響聲而俱去。或又變為一個女子頭頂一籃雞卵出賣，幻想雞卵變雞，雞變為羊，羊又變為牛，後乃大富，不料一個不小心，一籃雞卵乃由頭上墮地而俱碎。又如說貓一則，亦變為一個乞丐，自嘆家苦，乃夢自己為乞頭、縣官、皇帝、天、雲、風、牆、蛇，而俱不自足，結果乃還為捉蛇之乞丐，不覺一驚而醒。

我們如一面蒐羅各地民間故事，一面求取其來源，一一較證之，也是一種很有趣的工作。

經書的效用

從孔子的「不學詩無以言」到「書中自有顏如玉，書中自有黃金屋」，這一個觀念是始終如一的。「士大夫」階級中既發生出這樣的一種讀書觀來，於是「讀書種子」便綿綿不絕，而國學或聖賢之學的「道統」便也借此不至中絕。父母伯叔們也常常的說道：「要勤讀，要勤讀！經書不熟（現在是改了英、算了），將來要沒有飯吃呢。」而小小的學童，也居然的知道這些「少小不努力，老大徒悲傷」一類的格言。經書的效用大矣哉！

但這些都不過是經書的塵世的效用，是經書的現實的效用。經書的效力，絕不止於此。他們還有一種神祕的不可知的效力呢。

從「不學詩無以言」到「顏如玉，黃金屋」，與從「顏如玉，黃金屋」到「《周易》驅鬼，《孝經》卻敵」，其間的步級，相差並不甚遠。所以相信文字有靈的人們很容易便將經書的塵世的效力一變而為超塵世的；將經書的現實的效力一變而為神祕的不可知的。經書既有能夠使人得到「顏如玉」、「黃金屋」的勢力，當然也會有能夠「驅邪卻敵，保護善良」的勢力了。

經書如何會有這樣的一種神祕的勢力，倒不是一個容易解釋的問題。這將待民俗學者、初民文化研究者、宗教學家以及心理學家的專門研究，我在這裡實在不能詳說。

但我們可以告訴大眾的是，初民對於名與實，向來是分辨不清的。他們往往以為名即是實，實即是名；所以初民便相信加害於名，便能加害於實。他們往往隱匿了自己的名字，不讓別人曉得者，即恐怕他的敵人一知道他的真實的名字，便將加他本身以危害。又在多虎之地，居民往往諱虎字，而呼之為山君、山伯伯，因恐它聞呼其名而怒。而崇信狐狸的地方，居民也沒有一個人敢說一個「狐」字的，他們只稱之為「仙人」、「大仙」。由了這種的名諱便連帶的發生出了對於字的神祕觀，即相信名字以外的一切文字，也都具有相當的能力。所以宗教家唸著「願上帝賜我們以福壽平安」的禱詞，卻往往變成了有力的咒語，而淨土宗的佛教徒，也以為天天唸著「南無阿彌陀佛」便可以往生淨土，建無量善業。經書之所以有神祕的效力，這是其一因。又，大眾既相信聖人是具有無限權威的，既相信他們是位神、一位宗教主、一位神祕的救世主，對於他所手訂或編著的「經書」便也會自然而然的生出一種神祕的敬仰來了。由了這種神祕的敬仰，便很容易的對於他們生出一種具有魔力，能夠驅邪護正的信仰來。所以一方面，既有了「敬惜字紙」，怕作蹋聖賢的文字的恐懼心，一方面也有了握住了聖經，便具有一種神力，一種不怕邪神惡鬼來侵襲他的信賴心。

這一類的材料，隨手拾來都有。至今我們當中還有將《周易》放在枕頭箱中的事。英國的農民也常有依仗《聖經》以退卻諸邪者。蘇格蘭新生了一個孩子，怕惡鬼來偷抱了去，便將一本攤開了的《聖經》放在孩子的身邊。回教徒、拜火教徒等等，對於他們的聖經，也都有這同樣的信仰。

近來得到一部來集之編的《對山堂續太平廣記》，見其中蒐集民俗學上的資料不少。其中有一節誦聖經之益，將聖經的神祕的效用蒐集得很不少。故乘著一時的高興，寫了上面的一小則文字。今特在下面鈔錄其中幾段最有趣的故事。我們要曉得像這樣的信仰與傳說，在我們的民間並未曾死去。我們費些工夫去蒐集他們並不是不值得的。我個人很希望各地方的相識或不相識的友人能夠幫我蒐集各地關於這一類的故事。

《風俗通》：「武帝迷於鬼神，尤信越巫。董仲舒數以為言。帝驗其道，令巫詛仲舒。仲舒朝服南面，誦詠經論，不能傷害，而巫者忽死。」

《江西通志》云：「江夢孫字聿修，德安人。家世業儒，博綜經史，孝弟高潔。為江都令。先是，縣廳人每有祟禍，任位者每遷於別廳。夢孫下車，輒升廳受賀。向夜，具袍笏端坐，誦《易》一遍，怪息。」

《說頤》云：「北齊權會任助教，嘗夜獨乘驢出城東門。鐘漏已盡。有一人牽頭，一人隨後，有異生人，漸漸失路，不由本道。會心怪之，誦《易經》上篇一卷未盡，前二人忽然離散。」

吳均《齊春秋》：「顧歡字元平，吳郡人也。隱於會稽山陰白石村。歡率性仁愛，素有道風。或以禳厭而多所全護。有病邪者，以問歡。歡曰：君家有書乎？曰：唯有《孝經》。歡曰：可取置病人枕邊，恭敬之，當自差。如其言，果癒。問其故，曰：善禳惡，正勝邪。」

不再鈔下去了。讀書細心的人當可隨處找到這一類的材料。

一九二八，十二，十五

林琴南先生

林琴南先生

一

林琴南先生以翻譯家及古文家著名於中國的近三四十年的文壇上。當歐洲大戰初停止時，中國的知識階級，得了一種新的覺悟，對於中國傳統的道德及文學都下了總攻擊；林琴南那時在北京，盡力為舊的禮教及文學辯護，十分不滿意於這個新的運動。於是許多的學者都以他為舊的傳統的一方面的代表，無論在他的道德見解方面，他的古文方面，以及他的翻譯方面，都指出他的許多錯誤，想在根本上推倒他的守舊的道德的，及文學的見解。這時以後的林琴南，在一般的青年看來，似乎他的在中國文壇上的地位已完全動搖了。然而他的主張是一個問題；他的在中國文壇上的地位，又另是一個問題；因他的一時的守舊的主張，便完全推倒了他的在文壇上的地位，便完全堙沒了他的數十年的辛苦的工作，似乎是不很公允的。

現在，這位中國的老文學家已於今年十月九日在北京的寓所裡逝世了。林琴南先生的逝世，是使我們去公允的認識他、評論他的一個機會。現在，他的頑固的言論已不能再使我們聽見了，我們所有的是他的三十餘年的努力的成績。「蓋棺論定」我們現在可以更公正的評判他了。

二

我們要論林琴南，不能不先知道些他的生平。他名紓，別署冷紅生。為福建省之閩縣人，生於公元一千八百五十二年（即清文宗咸豐二年），卒時得年七十三。他自己說：「家貧而貌寢，且木強多怒。」（〈冷紅生傳〉，見《畏廬文集》）這是實在的，他性質之剛強善怒，差不多稍親近他的人都知道的。有許多人，頗因此與他疏離。但他雖時時怒責別的人，常使受者難堪，而當他們有危急，有需求時，他卻不惜奔走營求以救其困難。他的熱情，不僅於此可見。差不多他終生都在這熱情的生活中度過；在他的文集中及他的翻譯作品的序上，都可以見到他的異常熱烈的言論。如他在《不如歸》的序上說的：「余譯竟，若不勝有冤抑之情，而欲附此一伸，以質之海內君子者。……果當時因大敗之後，收其敗余之殘卒，加以豢養，俾為新卒之導，又廣設水師將弁學校，以教育英雋之士，水師即未成軍，而後來之秀，固人人可為水師將弁者也。須知不經敗衄，亦不知軍中所以致敗之道。知其所以致敗而更革之，仍可自立於不敗……紓年已老，報國無日，故日為叫旦之雞，冀我同胞警醒，恆於小說序中，攄其胸臆。」由他的許多文字上，可以知道他是一個非常熱烈的愛國者。他的熱情直至於七十的高齡還不稍衰。他又是一個很清介的人。自他在公元一千八百八十二年（即光緒壬午）得了舉人之後，便棄絕了制舉之業，專力於古文。初在北京各學堂如京師大學堂，閩學堂等處教書。後來偶然譯了一部小仲馬的《茶花女遺事》，得了無數人的讚頌；他對於譯書的興趣因之大增。此後便繼續的譯了不少歐洲各國的作品——以英法為最多——出來。他的後來的生活，即以譯書售稿為供給。他不懂得任何的外國語，他的譯書，乃由一個懂得原文的譯者，口譯給他聽，他便依據了口譯者的話寫成了中文。他寫得非常的快，他自己說，他每天工作四小時，每小時可譯千五百言，往往口譯者尚未說完，他的譯文已寫完畢。他的譯文謬誤，常所不免。他自己說：「急就之章，難保不無舛謬。近有海內知交投書舉鄙人謬誤之處見箴，心甚感之。唯鄙人不審西文，但能筆述，即有訛錯，均出不知」（《西利亞郡主別傳》序）（此書譯本於公元一九〇八年出版）。他不懂原文，這是他最吃虧的地方；大約他譯文的大部分的錯誤，都要歸咎到口譯者的身上。他的晚年的生活，除了譯書之外，並靠賣畫為生。有人說，他的畫較他的古文為好。他當七十歲的高齡時，還是一天站立在畫桌前六七個小時，不停不息的作畫。他實是一個最勞苦的自食其力的人。他的朋友及後輩，顯貴者極多，但他卻絕不去做什麼不勞而獲的事或去取什麼不必做事而可得的金錢。在這一點上，他實在是最可令人佩服的清介之學者。這種人現在是極不容易見到的。

● 三

他自己做的作品很多，小說有《金陵秋》、《官場新現形記》、《冤海靈光》、《劫外曇花》、《劍腥錄》、《京華碧血錄》等；筆記有《技擊餘聞》、《畏廬瑣記》、《畏廬漫錄》；傳奇有《天妃廟傳奇》、《合浦珠傳奇》及《蜀鵑啼傳奇》；詩歌有《閩中新樂府》、《畏廬詩存》等二種；此外尚有《畏廬文集》、《畏廬續集》、《畏廬三集》等三種。

他自作的小說實不能追蹤於他所譯的大仲馬，史各德，及狄更司諸人之後；他的小說每喜取一實在的故事，而以一二個幻造的人物的愛情與遭遇為全書的脈絡，而此種脈絡又不能聯集於全書之中。如他的《金陵秋》，本敘辛亥革命的故事，卻以王仲英、胡秋光為主角，以他的二人的戀愛為全書的脈絡。他的《官場新現形記》則所敘的是袁世凱稱帝前後的時事及國會議員的事，卻又以王癯仙及鄭素素為主角，以他們二人的戀愛為全書的脈絡。《劫外曇花》也是如此（但所敘的是吳三桂事）。《京華碧血錄》也是如此。他的主角差不多與書中所敘的故事無大關係，他的目的好像是敘當時的革命及稱帝等故事，同時又好像是敘主角的戀愛故事。我們讀之殊不能尋出他們的頂點與中心思想之所在。他所描寫的主角，也都是幻造的，經過林琴南他自己的理想化了的，絕不似一個生人。如《官場新現形記》中的王癯仙，本是一個儒生，卻又能飛鏢，以及點穴之法，世間決難有此種人。所以他的自作小說實不能算是成功。我們或者可以稱這一類的小說為「長篇的筆記」，因為他們極類他的筆記，而絕無他所譯的狄更司諸人的小說的氣氛。至於他的筆記，則完全是舊的筆記，如《聊齋誌異》之流的後繼者，我們可以不必去注意他們。

但他的小說雖不能認為成功之作，卻有兩點值得使我們讚頌：第一，中國的「章回小說」的傳統的體裁，實從他而始打破——雖然現在還有人在做這種小說，然其勢力已大衰——呆板的什麼「第一回：甄士隱夢幻識通靈，賈雨村風塵懷閨秀」等回目，以及什麼「話說」、「卻說」，什麼「且聽下回分解」等等的格式在他的小說裡已絕跡不見了。第二，中國小說敘述時事而能有價值的極少；我們所見的這一類的書，大都充滿了假造的事實，只有林琴南的《京華碧血錄》、《金陵秋》，及《官場新現形記》等敘庚子義和團，南京革命及袁氏稱帝之事較詳實；而《京華碧血錄》尤足供給講近代史者以參考的資料（近來很有人稱讚此書）。

他的傳奇也很可以使我們注意。所謂「傳奇」向來都是敘戀愛的，敘「悲歡離合」之刻板式的故事的——只有極少數是例外——林琴南的傳奇則完全不是敘述這些事的。他的《蜀鵑啼傳奇》敘杭州義和團運動時吳德繡被殺的事，他的《天妃廟傳奇》敘謝讓遣戍的事，他的《合浦珠傳奇》敘陳伯沄推產還原主的事。舊的傳奇，必不能無「旦」，第一出必敘「生」，第二出必敘「旦」，他的三種傳奇則絕未一見旦角；舊的傳奇必有四十出或五十出，他的傳奇則至多不過二十出，少則只有十出；他可算是一個能大膽的打破傳統的規律的人。

我們讀《蜀鵑啼傳奇》，頗可窺見他對所謂「拳亂」看法的一斑：

（丑）下官芭藻夷，夔府人也。以先人百戰東南，得有五等之爵。下官依階平進，得為巡道。昨奉省中大帥急檄，云是奉旨，將所有教士教民一概斬首。我卻膽小，不敢舉動，已請西安縣吳德繡前來商量辦法。來，你傳西安縣吳老爺到此，吾有交派。（貼）曉得。下面聽者，大人有話。傳西安吳令入見。（外）（冠服上）西安縣知縣吳德繡進謁大人。（丑）請坐。（外）謝坐。大人有何分付？（丑）本日得省中嚴札，云已奉旨將郡中教士教民一起殲滅，以清亂萌。（外大駭介）大人，這是那裡說起！

〔北罵玉郎帶上小樓〕他多大工夫敢滅除，全胡鬧，恣跳踉。只有包頭赤布日焚香，搧妖氛，觀者如牆。（卑職早有所聞。長夜喊人燒香潑水，聲音慘厲，如鬼師之叫魂，而百姓唯唯。）聽師兄主張，聽師兄主張，瞧著他畫靈符，毀了洋房，（只可憐無故街坊，與洋樓左近者付之焚如。）寄妻兒何方？寄妻兒何方？那個憫窮黎冤狀！那個說團民混帳！好江山誤了端剛，好江山誤了端剛。居然看皇塗蔫沮，顛倒朝章。這賊心腸，金邪放，肆意狂猖。（恨卑職手無權力，把這）鐵布衫，紅燈照，一一掛頭顱市上。

——第八出，〈抗檄〉

這表明了林琴南先生對於反對義和團的人表示十二分的同情。他敘義和團殺死吳德繡後的一段對話：

（淨）奸細已死，我們可焚燒教堂，殺盡教士。（丑）大家須仔細，不要累我。（眾）自有朝廷擔此大任，我輩且行吾事。

集中地把當時義和團及若干官吏的心理作了描寫。

在他的《閩中新樂府》裡，可以看出林先生的新黨的傾向。《閩中新樂府》共五十首，都是他在清光緒中葉——戊戌變法之前——所作的，那時他還住在福州，日與友輩談新政，於是作了這許多首詩，以表示他的見解。現在抄錄數則於下：

村先生　譏蒙養失也

村先生，貌足恭，訓蒙《大學》兼《中庸》。古人小學進大學，先生躐等追先覺。古人登高必先卑，先生躐等追先知。童子讀書尚結舌，便將大義九經說。誰為魚躍孰鳶飛，且請先生與式微。不求入門驟入室，先生學聖工程疾。村童讀書三四年，乳臭滿口談聖賢。偶然請之書牛券，卻尋不出上下《論》，書讀三年券不成，母咒先生父成怨。我意啟蒙首歌括，眼前道理說明豁。論月須辨無嫦娥，論鬼須辨無閻羅。勿令腐氣入頭腦，知識先開方有造。解得人情物理精，從容易入聖賢道。今日國仇似海深，復仇須鼓兒童心。法念德仇亦歌括，兒童讀之涕沾襟。村先生，休足恭，莫言芹藻與辟雍，強國之基在蒙養。兒童智慧須開爽，方能凌駕歐人上。

興女學　美盛舉也

興女學，興女學，群賢海上真先覺。華人輕女患識字，家常但責油鹽事。夾幕重簾院落深，長年禁錮昏神智。神智昏來足又纏，生男卻望全先天。父氣母氣本齊一，母苟蠢頑靈氣失。胎教之言人不知，兒成無怪為書痴。陶母歐母世何有，千秋一二掛人口。果立女學相觀摩，中西文字同切磋。學成即勿與外事，相夫教子得已多。西官以才領右職，典簽多出夫人力。不似吾華愛牝雞，內人牽掣成貪墨。華人數金便從師，師困常無在館時。丈夫豈能課幼子，母心靜細疏條理，父母恩齊教亦齊，成材容易駸駸起。母明大義念國仇，朝暮語兒懷心頭。兒成便蓄報國志，四萬萬人同作氣。女學之興係匪輕，興亞之事當其成。興女學，興女學，群賢海上真先覺。

破藍衫　嘆腐也

破藍衫，一著不可脫，腐根在內誰能拔。案上高頭大講章，虛題手法仁在堂。子史百家在雜學，先生墨卷稱先覺。腐字腐句呼清真，熟字連篇不厭陳。中間能煉雙搓句，即是清才迥出塵。試南省，捷秋闈，絲綸閣下文章靜。事業今從小楷來，一點一畫須剪裁。五言詩句六行折，轉眼旋登御史臺。論邊事，尊攘咬定《春秋》義。邊事淒涼無一言，別裁偽體先文字。吁嗟乎，堂堂中國士如林，犬馬寧無報國心。一篇制藝束雙手，敵來相顧齊低首。我思此際心骨衰，如何能使蒙翳開。須知人才得科第，豈關科第求人才。君不見曾左胡，岳岳人間大丈夫。救時良策在通變，豈抱文章長守株。

在康有為未上書之前，他卻能有這種見解，可算是當時的一個先進的維新黨。但後來，他的思想卻停滯了——也許還有些向舊的方向倒流回去的傾勢。到了最近四五年間，他更成了一個守舊黨的領袖了。這大約與他的環境很有關係，戊戌之前，他是常與當時的新派的友人同在一起，所以思想上不知不覺的受了他們的薰染；後來，清廷亡了，共和以來，他漸漸的變成了頑固的守舊者了。這樣的人實不僅林先生一個。有好些人都是與他走同樣的路的。

他的古文自稱是堅守桐城派的義法的。但桐城派的古文，本來不見得高明；我們現在不必再去論他。

總說一句，林琴南先生自己的作品，實不能使他在中國近代文壇上站得住一個很穩固的地位；他的重要乃在他的翻譯的工作而不在他的作品。

下面略論他的翻譯。

四

林琴南先生的翻譯，據我所知道的，自他的《巴黎茶花女遺事》起，至最近的翻譯止，成書的共有一百五十六種；其中有一百三十二種是已經出版的，有十種則散見於第六卷至第十一卷的《小說月報》而未有單刻本，尚有十四種則為原稿，還存於商務印書館未付印。也許他的翻譯不止於此，但這個數目卻是我在現在所能搜找得到的了。在這一百五十六種的翻譯中，最多者為英國作家的作品，共得九十三種，其次為法國，共得二十五種，再次為美國，共得十九種，再次為俄國，共得六種，此外則希臘、挪威、比利時、瑞士、西班牙、日本諸國各得一二種。尚有不明注何國及何人所作者，共五種。這些翻譯大多數都由商務印書館出版，只有《利俾瑟戰血餘腥記》及《滑鐵盧戰血餘腥記》二書由文明書局出版，《青鐵》及《石麟移月記》（此二書俱為不註明何國何人所作者。）由中華書局出版而已；至於《黑奴籲天錄》一書，則不知何處出版。

就這些作品的原作者而論，則較著名者有莎士比亞（W. Shakespeare），地孚（Defoe），斐魯丁（Fielding），史委夫（Swift），卻爾司・蘭（Charles Lamb），史蒂文生

（L. Stevenson），狄更司（Charles Dickens），史各德（Scott），哈葛德（Haggard），科南·道爾（Conan Doyle），安東尼·賀迫（Anthony Hope）（以上為英）；華盛頓·歐文（Washington Irving），史拖活夫人（Mdm Stowe）（以上為美）；預勾（V. Hugo），大仲馬（Alexandre Dumas），小仲馬（Alexandre Dumas, fils），巴魯薩（Balzac）（以上為法）；以及伊索（Aisôpos）（希臘），易卜生（Ibsen）（挪威），威司（Wyss）（瑞士），西萬提司（Cervantes）（西班牙），托爾斯泰（L. Tolstoy）（俄），德富健次郎（日本）等。在這些作家中，其作品被林先生譯得最多者為哈葛德，共有《迦茵小傳》、《鬼山狼俠傳》、《紅礁畫槳錄》、《煙火馬》等二十種；其次為科南·道爾，共有《歇洛克奇案開場》、《電影樓臺》、《蛇女士傳》、《黑太子南征錄》等七種；再次為托爾斯泰，小仲馬及狄更司——托爾斯泰有六種，為《現身說法》（*Childhood, Boyhood and Youth*）、《人鬼關頭》（*The Death of Ivan Ilyich*）、《恨縷情絲》（*Kreutzer Sonata and the Family Happiness*）、《羅剎因果錄》、《社會聲影錄》（*Russian Proprietor*）（以上三種為短篇小說集）及《情幻》；小仲馬有五種，為《巴黎茶花女遺事》（*Le Dame aux Camélias*）、《鸚鵡緣》、《香鉤情眼》（*Antorine*）、《血華鴛鴦枕》、《伊羅埋心記》；狄更司有五種，為《賊史》（*Oli-*

ver Twist）、《冰因緣》（*Dombey and Son*）、《滑稽外史》（*Nicholas Nickleby*）、《孝女耐兒傳》（*Old Curiosity Shop*）、《塊肉餘生述》（*David Copperfield*）；再次為莎士比亞，史各德，華盛頓．歐文，大仲馬——莎士比亞有四種，為《凱撒遺事》（*Julius Caesar*）、《雷差得紀》（*Richard II*）、《亨利第四紀》（*Henry IV*）、《亨利第六遺事》（*Henry VI*）；史各德有三種，為《撒克遜劫後英雄略》（*Ivanhoe*）、《十字軍英雄記》（*The Talisman*）、《劍底鴛鴦》（*The Betrothed*）；華盛頓．歐文有三種，為《拊掌錄》（*Sketch Book*）、《旅行述異》（*Tale of Travellers*）、《大食故宮餘載》（*Alhambra*）；大仲馬有二種，為《玉樓花劫》（*Le Chevalier De Maison-Rogue*）、《蟹蓮郡主傳》（*Countess de Charny*）；其他諸作家具僅有一種：伊索為他的《寓言》，易卜生為《梅孽》（*Ghosts*），威司為《鸛巢記》（*The Swiss Family Robinson*），西萬提司為《魔俠傳》（*Don Quixote*），地孚為《魯賓遜飄流記》（*Robinson Crusoe*），斐魯丁為《洞冥記》，史委夫特為《海外軒渠錄》（*Gulliver's Travels*），史蒂芬生為《新天方夜譚》（*New Arabian Nights*），卻爾斯．蘭為《吟邊燕語》（*Tales from Shakespeare*），安東尼．賀迫為《西奴林娜小傳》，史拖活夫人為《黑奴籲天錄》（*Uncle Tom's Cabin*），預勾為《雙雄義死錄》（*Ninety-Three*），巴魯薩為《哀吹錄》

（短篇小說集），德富健次郎為《不如歸》。這些作品除了科南．道爾與哈葛德二人的之外，其他都是很重要的，不朽的名著。此外，大約是不會再有什麼很著名的作家與重要的作品列於他的「譯品表」之內了。

我們見了多個統計之後，一方面自然是非常的感謝林琴南先生，因為他介紹了這許多重要的世界名著給我們，但一方面卻不免可惜他的勞力之大半歸於虛耗，因為在他所譯的一百五十六種的作品中，僅有這六七十種是著名的（其中尚雜有哈葛德及科南．道爾二人的第二等的小說二十七種，所以在一百五十六種中，重要的作品尚占不到三分之一），其他的書卻都是第二三流的作品，可以不必譯的。這大概不能十分歸咎於林先生，因為他是不懂得任何外國文字的，選擇原本之權全操於與他合作的口譯者之身上，如果口譯者是具有較好的文學常識呢，他所選擇的書便為較重要的，如果口譯者沒有什麼知識呢，他所選擇的書便為第二三流的毫無價值的書了。林先生吃了他們的虧不淺，他的一大半的寶貴的勞力是被他們所虛耗了。這實是一件很可惋惜的事！（只有魏易及王慶通是他的較好的合作者。）在林譯的小說中，不僅是無價值的作家的作品，大批的混雜於中，且有兒童用的故事讀本。如《詩人解頤語》及《秋燈譚屑》之類；此二書本為張伯司（Chambers）及包魯溫（Baldwin）所編的讀本，何以可算作什麼「筆記」呢！

還有一件事，也是林先生為他的口譯者所誤的：小說與戲劇，性質本大不同。但林先生卻把許多的極好的劇本，譯成了小說——添進了許多敘事，刪減了許多對話，簡直變成與原本完全不同的一部書了。如莎士比亞的劇本，《亨利第四》、《雷差得紀》、《亨利第六》、《凱撒遺事》以及易卜生的《群鬼》（《梅孽》）都是被他譯得變成了另外一部書了——原文的美與風格及重要的對話完全消滅不見，這簡直是步武卻爾斯·蘭在做《莎氏樂府本事》，又何必寫上了「原著者莎士比亞」及「原著者易卜生」呢？林先生大約是不大明白小說與戲曲的分別的——中國的舊文人本都不會分別小說與戲曲，如《小說考證》一書，名為小說，卻包羅了無數的傳奇在內——但是口譯者何以不告訴他呢？

這兩個大錯誤，大約都是由於那一二位的口譯者不讀文學史，及沒有文學的常識所致的。他們僅知道以譯「閒書」的態度去譯文學作品，於是文學種類的同不同，不去管他，作者及作品之確有不朽的價值與否，足以介紹與否，他們也不去管他；他們只知道隨意取得了一本書，讀了一下，覺得「此書情節很好」，於是便拿起來口說了一遍給林先生聽，於是林先生便寫了下來了。他之所以會虛耗了三分之二的功力去譯無價值的作品，且會把戲劇譯成了小說者，完全是這個原因。

林先生的翻譯，還有一點不見得好，便是任意刪節原文。如法國預勾的《九十三》（*Ninety-Three*），林先生譯之為《雙雄義死錄》，拿原文來一對，不知減少了多少。我們很驚異，為什麼原文是很厚的一本，譯成了中文卻變了一本薄薄的了？——中國的以前的譯者多喜刪節原文，如某君所譯之托爾斯泰的《復活》（改名《心獄》）不及原文三四分之一，魏易所譯之狄更司的《二城記》（*Tale of Two Cities*）也只有原文三分之一——這是什麼緣故呢？我想，其過恐怕還在口譯者的身上；如《九十三》，大約是口譯者不見全文，誤取了書坊改編供兒童用的刪節本來譯給林先生聽了。至於說是林先生故意刪節，則恐無此事。好在林先生這種的翻譯還不多。至於其他各種譯文之一二文句的刪節，以及小錯處，則隨處皆是，不能一一舉出。尚有如把易卜生的國籍挪威改為德國之類，亦係口譯者之過而非林先生之誤。

總之，林先生的翻譯，殊受口譯者之牽累。如果他得了幾個好的合作者，則他的翻譯的成績，恐怕絕不止於現在之所得的，錯誤也必可減少許多。林先生自己說：「鄙人不審西文，但能筆述，即有訛錯，均出不知。」這是如何悲痛的一句話呀！

然而無論如何，我們統計林先生的翻譯，其可以稱得較完美者已有四十餘種。在中國，恐怕譯了四十餘種的世界名著的人，除了林先生外，到現在還不曾有過一個人呀。所以我們對於林先生這種勞苦的工作是應該十二分的感謝的。

在那些可以稱得較完美的四十餘種翻譯中，如西萬提司的《魔俠傳》，狄更司的《賊史》、《孝女耐兒傳》等，史各德之《撒克遜劫後英雄略》等，都可以算得很好的譯本。沈雁冰先生曾對我說，《撒克遜劫後英雄略》，除了幾個小錯處外，頗能保有原文的情調，譯文中的人物也描寫得與原文中的人物一模一樣，並無什麼變更。又如《孝女耐兒傳》中的一段：

胖婦遂向主婦之母曰：「密昔司幾尼溫，胡不出其神通，為女公子吐氣？」此密昔司圭而迫者，即密斯幾尼溫也。「以夫人高年，胡以不知女公子之楚況？問心何以自聊！」幾尼溫曰：「吾女之父，生時苟露溫色者，吾即……」語至此，手中方執一巨蝦，斷其身首，若示人以重罰其夫，即作如是觀耳。胖婦點首知旨，讚曰：「夫人殊與我同趣。我當其境，亦復如是。」幾尼溫曰：「尊夫美善，可以毋濫其刑。夫人佳運，乃適如吾，吾夫亦美善人也。」胖婦曰：「但有其才，即溫溫無試，亦奚不可。」幾尼溫乃顧其女曰：「貝測，余屢詔汝，宜出其勇力，幾於長跽乞哀，汝乃不吾聽，何也？」密昔司圭而迫聞言微哂，搖其首不答。眾人咸慍密昔司之柔懦，乃同聲奮呼曰：「密昔司年少，不宜以老輩之言置若罔聞。且吾輩以忠良相質，弗聽即為愎諫。君即自甘凌虐，亦宜為女伴衛其垣墉，以滋後悔。」語後，於是爭舉刀叉，攻取麵包，牛油，海蝦，生菜之屬，猛如攻城，且食且言曰：「吾氣填胸臆，幾於不能下嚥。」

像這種文調，在中國可算是創見。我們雖然不能把他的譯文與原文一個字一個字的對讀而覺得一字不差，然而，如果一口氣讀了原文，再去讀譯文，則作者情調卻可覺得絲毫未易；且有時連最難表達於譯文的「幽默」，在林先生的譯文中也能表達出；有時，他對於原文中很巧妙的用字也能照樣的譯出。這種地方，我們讀上引的一段譯文中頗可看出。

中國數年之前的大部分譯者，都不甚信實，尤其是所謂上海的翻譯家；他們翻譯一部作品，連作者的姓名都不注出，有時且任意改換原文中的人名地名，而變為他們所自著的；有的人雖然知道註明作者，然其刪改原文之處，實較林先生大膽萬倍。林先生處在這種風氣之中，卻毫不沾染他們的惡習：即譯一極無名的作品，也要把作家之名列出，且對於書中的人名地名也絕不改動一音。這種忠實的譯者，是當時極不易尋見的。

離開他的翻譯的本身價值不講，林先生的翻譯工作在當時也有很大的影響與功績。這可以分幾方面來說：

第一，中國人的關於世界的常識，向來極為淺窄：古時以中國即為「天下」者無論，即後來與歐美通商之後，對於他們的國民性及社會組織也十分的不明了。他們對於歐美的人似乎以異樣的眼光去看，不是鄙之為野蠻的「夷狄」，便是崇之為高超的人種。對於他們的社會內部的情形也是如此，總以為「他們」與「我們」是什麼都不相同的，「中」與「西」之間，是有一道深溝相隔的。到了林先生辛勤的繼續的介紹了一百五十餘部的歐美小說進來，於是一部分的知識階級，才知道「他們」原與「我們」是同樣的「人」，同時，並瞭然的明白了他們的家庭的情形，他們的社會的內部情形，以及他們的國民性。且明白了「中」與「西」原不是兩個絕然相異的名詞。這是林先生大功績與影響之一。

第二，中國人自屢次為歐美人所戰敗後，對於他們的武器以及物質的文明，起了莫大的向慕心，於是全國都汲汲的欲設立兵工廠，造船廠，欲建築鐵路，欲研究「聲光」理化之學；他們以為中國的道德、文學及政治是高出於一切的，不過只有這些物質的文明不如「西人」而已。這時的呼聲是：「西學為用，中學為體。」到了後來，大家看出中國的舊的政治組織的根本壞處了，於是又向慕歐美的立憲政治與共和政治。他們那時以為中國的政治組織之腐敗，之不如歐美，是無可諱言的，於是或大呼「君主立憲」，或大呼「革命，共和」。然而大多數的知識階級，在這個時候，還以為中國的不及人處，不過是腐敗的政治組織而已，至於中國文學卻是世界上最高的最美麗的，決沒有什麼西洋的作品，可以及得我們的太史公，李白，杜甫的；到了林先生介紹了不少的西洋文學作品進來，且以為史各德的文字不下於太史公，於是大家才知道歐美亦有所謂文學，亦有所謂可與我國的太史公相比肩的作家。這也是林先生的功績與影響之一。

第三，中國文人，對於小說向來是以「小道」目之的，對於小說作者，也向來是看不起的；所以許多有盛名的作家絕不肯動手去做什麼小說；所有做小說的人也都寫著假名，不欲以真姓名示讀者。林先生則完全打破了這個傳統的見解。他以一個「古文家」動手去譯歐洲的小說，且稱他們的小說家為可以與太史公比肩，這確是很勇敢的很大膽的舉動。自他之後，中國文人，才有以小說家自命的；自他之後才開始了翻譯世界的文學作品的風氣。中國近二十年譯作小說者之多，差不多可以說大都是受林先生的感化與影響的。周作人先生在他的翻譯集《點滴》序上說：「我從前翻譯小說，很受林琴南先生的影響。」其實不僅周先生以及其他翻譯小說的人，即創作小說者也十分的受林先生的影響的。小說的舊體裁，由林先生而打破，歐洲作家史各德、狄更司、華盛頓·歐文、大仲馬、小仲馬諸人的姓名也因林先生而始為中國人所認識。這可說，是林先生的最大功績。

所以不管我們對於林先生的翻譯如何的不滿意，而林先生的這些功績卻是我們所永不能忘記的，編述中國近代文學史者對於林先生也絕不能不有一段的紀載。

一九二四年十一月十一日

林琴南先生

梁任公先生

梁任公先生

一

梁先生在文壇上活動了三十餘年，從不曾有一天間斷過。他所親炙的弟子當然不在少數；而由他而始「粗識文字」，粗知世界大勢以及一般學問上的常識的人，當然更是不少。梁先生今年還只五十六歲，正是壯年的時代；有的人因為他在文壇上活動的時候很久，便以為他已是一位屬於過去時代的老將了，其實他卻仍是一位活潑潑的足輕力健，緊跟著時間走的壯漢呢。不幸這位壯漢卻於今年正月十九日逝去了！這個不幸的消息，使我惆悵了許久！我們真想不到這位壯漢會中途而永息的，我不想做什麼應時的文字，然而對於梁任公先生，我卻不能不寫幾句話——雖然寫的人一定很不少——我對於他實在印象太深了。

他在文藝上，鼓盪了一支像生力軍似的散文作家，將所謂飲憪無生氣的桐城文壇打得個粉碎。他在政治上，也造成了一種風氣，引導了一大群的人同走。他在學問上，也有了很大的勞績；他的勞績未必由於深湛的研究，卻是因為他的將學問通俗化了，普遍化了。他在新聞界上也創造了不少的模式；至少他還是中國近代最好的、最偉大的一位新聞記者。許多學者，其影響都是很短促的，廖平過去了，康有為過去了，章太炎過去了，然而梁任公先生的影響，我們則相信他尚未至十分的過去——雖然已經綿延了三十餘年。許多學者，文藝家，其影響與勢力往往是狹窄的，限於一部分的人，一方面的社會，或某一個地方的，然而梁任公先生的影響與勢力，卻是普遍的，無遠不屆的，無地不深入的，無人不受到的——雖然有人未免要諱言之。

對於與近三十年來的政治，文藝，學術界有那末深切關係，而又有那末普遍，深切的影響與勢力的梁任公先生，還不該有比較詳細的研究麼？

● 二

說到一個人的生平，他自己的話，當然是最可靠的。在冠於第一次出版的，即當梁任公先生三十歲那一年出版的《飲冰室文集》之前，有他的一篇〈三十自述〉。在這一篇自述裡，已將他自己的一個很重要的活動時期，即三十歲以前，辦《時務報》，時務學堂，公車上書，戊戌政變，刊行《新民叢報》、《新小說》的一個時期的事蹟敘述得頗為詳細了。本文僅就之而作一番的簡節複述而已。三十以後的事蹟也多半採用他自己的敘述。又他的《清代學術概論》也略有敘述到他自己的地方。

梁任公先生名啟超，字卓如，別署飲冰室主人，任公是他的號。父名寶瑛，字蓮澗，母氏趙。他為中國極南部的一個島民，即廣東新會的熊子鄉。熊子鄉是正當西江入海之沖的一個島。他生於同治十二年癸酉正月二十六日，正是中國受外患最危急的一個時代；也正是西歐的科學，文藝以排山倒海之勢輸入中國的時代；一切舊的東西，自日常用品以至社會政治的組織，自聖經舊典以至思想，生活，都漸漸的崩解了，被破壞了，代之而起的是一種嶄新的外來的東西。梁氏恰恰生於這一個偉大的時代，為這一個偉大時代的主動角之一。梁氏四五歲時，「就王父及母膝下授『四子書』，《詩經》。夜則就睡王父榻，日與言古豪傑哲人嘉言懿行，而尤喜舉亡宋亡明國難之事，津津道之。六歲後，就父讀，受中國略史。五經卒業。八歲學為文。九歲能綴千言。十二歲應試學院，補博士弟子員。日治帖括，……顧頗喜詞章。王父父母時授以唐人詩，嗜之過於八股。……父慈而嚴，督課之外，使之勞作。言語舉動稍不謹，輒喝斥不少假借。常訓之日：『汝自視乃如常兒乎？』……十三歲始知有段、王訓詁之學，大好之。」十五歲，母死。其時肄業於廣東省城的學海堂。學海堂是阮元在廣東時所設立的。他沈酣於乾嘉時代的「訓詁詞章」的空氣中，乃決舍帖括而有意訓詁詞章。十七歲，梁氏舉於鄉。第二年，他的父親偕他一同赴京會試。李端棻以他的妹子許字給他。下第歸，過上海，從坊間購得《瀛環志略》讀之，乃知有所謂世界。這一年的秋天，他和陳千秋同去拜謁康有為。這是梁氏與康氏的第一次的會面，也即是使梁氏的生活與思想起了一個大變動的一次重要的會面。梁氏在〈三十自述〉裡曾有一段話提到這一次的會面情形，很足以動人：

於是乃因通甫（即千秋）修弟子禮，事南海先生。時余以少年科第，且於時流所推重之訓詁詞章學，頗有所知，輒沾沾自喜。先生乃以大海潮音，作獅子吼，取其所挾持之數百年無用舊學，更端駁詰，悉舉而摧陷廓清之。自辰入見，及戌始退。冷水澆背，當頭一棒，一旦盡失其故壘，惘惘然不知所從事。且驚且喜，且怨且艾，且疑且懼，與通甫聯床，竟夕不能寐。明日再謁，請為學方針。先生乃教以陸王心學，而並及史學西學之梗概。自是決然捨去舊學，自退出學海堂，而間日請業南海之門。生平知有學自茲始。

第二年，康有為開始講學於廣東省城長興裡的萬木草堂。康氏講述中國數千年來學術源流，歷史政治，沿革得失，取萬國以比例推斷之。梁氏與諸同學日札記其講義。他自己說，他「一生學問之得力，皆在此年。」（〈三十自述〉）康氏著《新學偽經考》時，他從事校勘。著《孔子改制考》時，他從事分纂。這一年十月，梁氏入北平，與李氏結婚。第二年，他的祖父病卒。自此，學於萬木草堂中凡三年。然梁氏雖服膺康氏，卻也不會太贊同他的主張。「治《偽經考》，時復不慊於其師之武斷，後遂置不復道；其師好引緯書，以神祕性說孔子，啟超亦不為然。」（《清代學術概論》一百三十八頁）

甲午，梁氏年二十二，復入北平，「於京國所謂名士者多所往還。」（《自述》）「而其講學最契之友，曰：夏曾佑，譚嗣同。曾佑方治龔（自珍）劉（逢祿）今文學，每發一義，輒相視莫逆。……嗣同方治王夫之之學，喜談名理，談經濟，及交啟超，亦盛言大同，運動尤烈。而啟超之學，受夏、譚影響亦至巨。」（《清代學術概論》一百三十九頁）本年六月，中日戰事起，梁氏惋憤時局，時有所言，卻不見有什麼人聽信他。他因此益讀譯書，研究算學史地，明年，和議成。他代表廣東公車百九十人，上書陳時局。康有為也聯合公車三千人，上書請變法。梁氏亦從其後奔走。這一次可以說是梁氏第一次的政治運動。七月，北平創立強學會，梁氏被委為會中書記員。不三月，強學會被封。第二年，黃遵憲在上海辦《時務報》，以書招梁氏南下。他便住在上海，專任《時務報》的撰述之役。他的報館生活實開始於此時。著《變法通議》，以淹貫流暢，若有電力足以吸住人的文字，婉曲的表達出當時人人所欲言而迄未能言或未能暢言的政論。這一篇文字的影響，當然是極大。像那樣不守家法，非桐城，亦非六朝，信筆取之而又舒捲自如，雄辯驚人的嶄新的文筆，在當時文壇上，耳目實為之一新。丁酉十月，陳寶箴，江標，聘他到湖南，就時務學堂講席。這時，黃遵憲恰官湖南按察使，譚嗣同亦歸湘助鄉治。湖南人才稱極盛。不久，德國割據膠州灣事起，這更給他們以新的刺激。時務學堂學生僅四十人；而於這四十人中，在後來政治上有影響的卻很不少。助教唐才常為第一次起義於漢口而不成的主動者。學生蔡鍔則為起師雲南推覆袁氏帝制的一位最重要的主角。在那時，梁氏每日在講堂四小時，夜則批答諸生札記，每條或至千言，往往徹夜不寐。所言皆當時一派之民權論，又多言清代故實，臚舉失政，盛倡革命；其論學術則自荀卿以下漢唐宋明清學者抨擊無完膚。及年假，學生各回故鄉，出札記示親友。全湘大嘩。反動的勢力便一時蜂起。葉德輝著《翼教叢編》，張之洞著《勸學篇》，皆係對於梁氏及康氏，譚氏諸人的言論加以抨擊的。當時的康梁，談者幾視之與「洪水猛獸」同科。

明年戊戌，梁氏年二十六。春大病幾死，出就醫上海。病癒，更入北平。時康有為方開保國會，梁氏多所贊畫奔走。四月，以徐致靖之薦，被召見，命辦大學堂譯書局事務。「時朝廷銳意變法，百度更新。南海先生深受主知，言聽諫行。復生（譚嗣同），暾谷（林旭），叔嶠（楊銳），裴村（劉光第），以京卿參預新政。」（〈三十自述〉）梁氏亦在其中有所盡力。在這個時候，又遇到一個極大的反動；康氏諸行新政者，以德宗為護法主；舊勢力卻投到西太后那裡去。雙方怒目而視，如箭在弦上，一觸即發。恰巧有一個御史，臚舉梁氏札記批語數十條指斥清室鼓吹民權的，具摺揭參。於是，卒興大獄。譚林等六君子於八月被殺。德宗被幽禁。康有為以英人的仗義出險。梁氏亦設法乘日本大島兵艦而東。梁氏的第一期政治生活遂告了一段落。以後便入了一個以著述為生的時期了。他的影響也以這個第一期的著述時代或《清議報》、《新民叢報》時代為最大。十月，與橫濱商人，創刊《清議報》，仍以其沛沛浩浩若有電力的熱烘烘的文字鼓盪著，或可以說是主宰著當時的輿論界。自此，居日本一年，「稍能讀東文，思想為之一變。」蓋因東籍的介紹，對於近代古代的歐洲思想與政治，很覺得瞭然，而對於中國的學術歷史，也突然的另感到了一種與前全異的新的研究方法。以後發表於《新民叢報》中的許多學術論文，皆可以說是受了東籍的感應力的產品。己亥冬天，美洲的中國維新會招他去遊歷。道過夏威夷島，因治疫故，航路不通，留居在那裡半年。庚子六月，正欲赴美，而義和團運動已大起，北方紛擾不堪。梁氏便由夏威夷島復向西而歸。至日本，聞北京失守。至上海時，又知漢口難作，唐才常等皆已被殺。他便匆匆的復由上海，過香港，至南洋，經印度，到澳洲。居澳洲半年，復回日本。自此以後便又進入了著述的時代了，這個時代便是《新民叢報》的時代。於《新民叢報》外，復創刊《新小說》。「述其所學所懷抱者，以質於當世達人志士，冀以為中國國民遒鐸之一助。」（〈三十自述〉）這個時代，自壬寅（一九〇二年）至辛亥（一九一一年），幾歷十年，中間唯丙午（一九〇六）及己酉（一九〇九）二年所作絕少。其餘幾年則所寫著作極為豐富，實可謂名副其實的大量生產者。在這個時代，他的影響與勢力最大。一方面結束了三十以前的作品，集為《飲冰室文集》，一方面則更從事於新方面的努力與工作。除了少數的應時的時事評論及著《開明專制論》等等，力與當時的持共和論者相搏戰之外，他的這幾年來的成績，可分為六方面：

第一方面是鼓吹宣傳「新民」之必要，欲從國民性格上加以根本的改革，以為政治改革的入手。他知道沒有良好的國民，任何形式的政體都是空的，任何樣子的改革也都是沒有好結果的。於是他便捨棄了枝枝節節的「變法論」，「保皇論」，而從事於《新民叢報》的努力；所謂《新民叢報》，蓋即表示這個刊物是注重在講述「新民之道」的。他在這個報上，一開頭便著部《新民說》，說明：「國也者，積民而成。國之有民，猶身之有四肢五臟，筋脈血輪也。未有四肢已斷，五臟已瘵，筋脈已傷，血輪已涸，而身猶能存者，則亦未有民愚陋怯弱，渙散混濁，而國猶能立者。故欲其身之長生久視，則攝生之術不可不明；欲其國之安富尊榮，則新民之道不可不講。」以後便逐漸的討論到「公德」，「國家思想」，「進取冒險」，「權利思想」，「自治」，「自由」，「進步」，「自尊」，「合群」，「生利分利」，「毅力」，「義務思想」，「私德」，「民氣」等，很有幾點是切中了我們的古舊民族的限性病的。他如大教主似的，坐在大講座上，以獅子吼，作喚愚啟蒙的訓講。庚戌年（一九一〇）創刊《國風報》時，他又依樣的以《說國風》冠於首，說明，「國風之善惡，則國命之興替所攸繫也」，而思以文字之力，改變幾千年來怯懦因循的國風。

第二方面是介紹西方的哲學，經濟學等等的學說；所介紹的有霍布士，斯片挪莎，盧梭，倍根，笛卡兒，達爾文，孟德斯鳩，邊沁，康德諸人。他的根據當然不是原著，而是日本人的重述，節述或譯文。然因了他的文筆的流暢明達，中國大多數人之略略能夠知道倍根，笛卡兒，孟德斯鳩，盧梭諸人的學說一斑的，卻不是由於嚴復幾個翻譯原作者，而是由於再三重譯或重述的梁任公先生。這原因有一大半是因為梁氏文章的明白易曉，敘述又簡易無難解之處，也有一小半因為梁氏的著作流傳的範圍極廣。我常常覺得很可怪：中國懂得歐西文字的人及明白歐西學說的專門家都不算不少，然而除了嚴復、馬建忠等寥寥可數的幾位之外，其他的人每都無聲無息過去了，一點也沒有什麼表現；反是幾位不十分懂得西文或專門學問的人如林琴南、梁任公他們，倒有許許多多的成績，真未免有點太放棄自己的責任了；林梁諸人之視他們真是如巨人之視嬰兒了！即使林梁他們有什麼隔膜錯誤的地方，我們還忍去責備他們麼？而林梁之中，林氏的工作雖較梁氏多，梁氏的影響似乎較他為更大。

第三方面，是運用全新的見解與方法以整理中國的舊思想與學說。這樣的見解與方法並不是梁氏所自創的，其得力處仍在日本人的著作。然梁氏得之，卻能運用自如，加之以他的迷人的敘述力，大氣包舉的融化力，很有根底的舊學基礎，於是他的文章便與一班僅僅以轉述或稗販外國學說以論中國事物的人大異。他的這些論學的文字，是不黏著的，不枯澀的，不艱深的；一般人都能懂得，卻並不是沒有內容，似若淺顯袒露，卻又是十分的華澤精深。他的文字的電力，即在這些論學的文章上，仍不曾消失了分毫。這一方面重要的著作是：《論中國學術思想變遷之大勢》、《子墨子學說》、《中國法理學發達史論》、《國文語原解》、《中國古代幣材考》等。在其中，《論中國學術思想變遷之大勢》一作尤為重要；在梁氏以前，從沒有過這樣的一部著作發見過。她是這樣簡明扼要的將中國幾千年來的學術加以敘述，估價，研究；可以說是第一部的中國學術史（第二部的至今仍未有人敢於著手呢），也可以說是第一部的將中國的學術思想有系統的整理出來的書。雖有人說她是膚淺，是轉販他人之作，然作者的魄力與雄心已是十分的可敬了。此作共分七部分，一，總論；二，胚胎時代；三，全盛時代；四，儒學統一時代；五，老學時代；六，佛學時代；七，近世之學術。梁氏在十餘年之後，更欲成中國學術史的大著，為深一層的探討，惜僅成一部分——《清代學術概論》——而止。今梁氏亡矣，這部偉大著作是永沒有告成的希望了。

第四方面，是研究政治上經濟上的各種實際的問題。在這個時候，梁氏的政論，已不僅是宣傳鼓吹自己的主張，或攻擊，推翻古舊的制度而已，這樣的時代，即著《變法通議》的時代，已經過去了；他現在是要討論實際上的種種問題以供給所謂「建設時代」的參考了。所以他一方面介紹各國的實例，一方面討論本國的當前問題。在這些問題中，關於政治的，以憲法問題為中心，關於經濟的，以貨幣，國債問題為中心。這些問題，都是那個時代的舉國人民所要著眼的問題。關於前者，他著有〈論政府與人民之權限〉（壬寅）、〈外官制私議〉（庚戌）、〈立憲法議〉（庚子）、〈論立法權〉（壬寅）、〈責任內閣釋義〉（辛亥）、〈憲政淺說〉（庚戌）、〈中國國會制度私議〉（庚戌）及〈各國憲法異同論〉（己亥）諸作。關於後者，他著有〈中國國債史〉（甲辰）、〈中國貨幣問題〉（甲辰）、〈外資輸入問題〉（甲辰）、〈改鹽法議〉（庚戌）、〈幣制條議〉（庚戌）、〈外債平議〉（庚戌）諸作。

第五方面，是對於歷史著作的努力。梁氏的事業，除了政論家外，便始終是一位歷史家。他的對於中國學術思想的研究也完全是站在歷史家的立場上的。他一方面攻擊舊式歷史的紕繆可笑，將歷來所謂「史學」上所最聚訟的問題，如「正統」，如「書法」等等，皆一切推翻之，抹煞之，以為不成問題。他以為：所謂歷史，不是一姓史，個人史，也不僅僅是鋪敘故實的點鬼簿，地理志而已；歷史乃是活潑潑的，乃是「敘述人群進化之現象，而求得其公理公例者也」，乃是供「今世之人，鑑之裁之，以為經世之用也。」在這一方面，他著有《新史學》（壬寅）、《中國史敘論》（辛丑）等。他又在第二方面，寫出許多的史書，史傳來，以示新的歷史，所謂「使今世之人，鑑之裁之」的歷史的模式。這一方面的著作有《中國專制政治進化史論》（壬寅）、〈歷史上中國民族之觀察〉、《南海康先生傳》（辛丑）、《李鴻章》（辛丑）、《張博望班定遠合傳》（壬寅）、《趙武靈王傳》、《袁崇煥傳》（甲辰）、《中國殖民八大偉人傳》（甲辰）、《鄭和傳》（乙巳）、《管子傳》（辛亥）、《王荊公傳》、《匈牙利愛國者噶蘇士傳》（壬寅）、《義大利建國三傑傳》、《雅典小史》、《朝鮮亡國史略》（甲辰）等等，都是火辣辣的文字，有光有熱，有聲有色的，絕不是什麼平鋪直敘的尋常史傳而已。

第六方面是，對於文學的創作。梁氏在這十年中，不僅努力於作史著論，即對於純文藝，也十分的努力。他既發刊《新小說》，登載時人之作品，如我佛山人的《痛史》、《二十年目睹之怪現狀》、《九命奇冤》，以及蘇曼殊諸人的翻譯等等。他自己也有所作，如《新中國未來記》、《世界末日記》（此為翻譯）、《十五小豪傑》（此亦為翻譯）等；又作傳奇數種，如《劫灰夢傳奇》、《新羅馬傳奇》、《俠情記傳奇》，雖皆未成，卻已傳誦一時。他的詩詞也以在這個時間所作者為特多。又有詩話一冊，亦作於此時。他對於小說的勢力是深切的認識的，所以他在〈論小說與群治之關係〉一文中，說起：

欲新一國之民，不可不先新一國之小說。故欲新道德，必新小說欲新宗教，必新小說；欲新政治，必新小說；欲新風俗，必新小說；欲新學藝，必新小說；乃至欲新人心，欲新人格，必新小說。何以故？小說有不可思議之力支配人道故。

小說之支配人道，有四種力，一是薰，「薰也者，如入雲煙中而為其烘，如近墨朱處而為其所染」。二是浸，「浸也者，入而與之俱化者也」。三是刺，「刺也者，能入於一剎那頃，忽起異感而不能自制者也」。四是提，「前三者之力，自外而灌之使入，提之力自內而脫之使出」。他既明白小說的感化力如此的偉大，所以決意便於《新民叢報》之外復創刊《新小說》，然《新小說》刊行半年之後，梁氏的著作卻已不甚見。大約他努力的方面後來又轉變了。

這十年，居日本的十年，可以說是梁氏影響與勢力最大的時代；也可以說是他最勤於發表的時代。我們看民國十四年（乙丑）出版的第四次編訂的《飲冰室文集》裡，這十年的作品，竟占了一半有強。

《新民叢報》與《新小說》創刊的第二年（一九〇三），梁氏曾應美洲華僑之招，又作北美洲之遊。這一次卻不曾中途折回。他到了北美合眾國之後，隨筆記所見聞，對於「美國政治上，歷史上，社會上種種事實，時或加以論斷。」結果便成了《新大陸遊記》一書。

在這一個時期內，還有一件事足記的，便是從戊戌以後，他與康有為所走的路已漸漸的分歧，然在表面上還是合作的。到了他在《新民叢報》上發表了一篇〈保教非所以尊孔論〉後，便顯然的與康氏背道而馳了。他自己說：「啟超自三十以後，已絕口不談『偽經』，亦不甚談『改制』；而其師康有為大倡設孔教會，定國教祀天配孔諸議，國中附和不乏，啟超不謂然，屢起而駁之。」（《清代學術概論》二百四十三頁）世人往往以康梁並稱，實則梁氏很早便已與康氏不能同調了。他們兩個人的性情是如此的不同；康氏是執著的，不肯稍變其主張，梁氏則為一個流動性的人，往往「不惜以今日之我，難昔日之我」，不肯故步自封而不向前走去。

辛亥（一九一一）十月，革命軍起於武昌，很快的便蔓延到江南各省。南京也隨武昌而被革命軍所占領。梁氏在這個時候，便由日本經奉天而復回中國。這時離他出國期已經是十四年了。因為情勢的混沌，他曾住在大連以觀變。南北統一以後，袁世凱就臨時大總統任，以司法次長招之。梁氏卻不肯赴召。這時，國民黨與「進步黨」（民元時代名共和黨）的對峙情形已成。袁氏極力的牽合進步黨，進步黨也倚袁氏以為重。梁氏因與進步黨關係的密切，便也不得不與袁氏連合。他到了北平與袁氏會見。會見的結果，卻使他由純粹的一位政論家一變而為實際的政論家。自此以後，他便過著很不自然的政治家生活，竟有七年之久。這七年的政治生活時代是他的生活最不安定的時代，也是他的著述力最消退，文字出產量最減少的時代。這個時代，又可分為三期：

第一期是與袁世凱合作的時代。癸丑（一九一三）熊希齡組織內閣，以梁氏為司法總長；這是戊戌以後，他第一次的踏上政治舞臺。這一次的內閣，即所謂「名流內閣」者是。然熊氏竟無所表見，不久竟倒。梁氏亦隨之而去，這一次的登臺，在梁氏可以說是一點的成績也沒有。然他卻並不灰心，也並未以袁世凱為不足合作的人。他始終要立在維持現狀的局面之下，欲有所作為，欲有所表見，欲有所救益。這時，最困難的問題便是財政問題。梁氏在前幾年已有好幾篇關於財政及幣制的文章發表（這時他的文章多發表在《庸言報》上），這時更銳然欲有以自見，著〈銀行制度之建設〉等文，發表他的主張。進步黨的《中華民國憲法草案》也出於他的手筆。袁世凱因此特設一個幣制局，以他為總裁（一九一四年），俾他能夠實行他的主張。然梁氏就任總裁之後，卻又遇到了種種的未之前遇的困難；他的主張一點也不能施行。實際問題與理論竟是這樣的不能調合。結果，僅獲得〈余之幣制金融政策〉一篇空文，而不得不辭職以去。自此，他對於袁氏方漸漸的絕望了，對於政治生涯也決然的生了厭惡，捨棄之心。他寫了一篇很沉痛的宣言，即〈吾今後所以報國者〉，極懇摯的說明，他自己是很不適宜於實際的政治活動的。他說：「夫社會以分勞相濟為宜，而能力以用其所長為貴。吾立於政治當局，吾自審雖蚤作夜思，鞠躬盡瘁，吾所能自效於國家者有幾。夫一年來之效既可睹矣。吾以此心力，轉而用諸他方面，安見其所自效於國家者，不有以加於今日！」他更決絕的說道：「故吾自今以往，除學問上或與二三朋輩結合討論外，一切政治團體之關係，皆當中止。乃至生平最敬仰之師長，最親習之友生，亦唯以道義相切劘，學藝相商榷。至其政治上之言論行動，吾絕不願有所與聞，更不能負絲毫之連帶責任。非孤僻也，人各有其見地，各有其所以自信者。雖以骨肉之親，或不能苟同也。」他這樣的痛切的悔恨著過去的政治生涯，應該再度的入於「著述時代」了。然而正在這個時候，一個大變動的時代卻恰恰與他當面。歐戰在這時候發生了；繼之而中日交涉勃起，日本欲乘機在中國獲得意外的權利；繼之而帝制運動突興，袁世凱也竟欲乘機改元洪憲，改國號中華帝國，而自為第一代的中華帝國的皇帝。種種大事變緊迫而來，使他那末一位敏於感覺的人，不得不立刻興起而謀所以應付之。於是他便又入於第二期的政治生涯。

第二期是「護國戰役」時代。他對於歐戰，曾著有《歐洲大戰史論》一冊；後主編

《大中華月刊》，便又著〈歐戰蠡測〉一文。更重大的事件，中日交涉，使他與時人一樣的受了極大的刺激。他接連在《大中華》上寫著極鋒利極沉痛的評論，如〈中日最近交涉平議〉、〈解決懸案耶新要求耶〉、〈外交軌道外之外交〉、〈交涉乎命令乎〉、〈示威耶挑戰耶〉諸作。及這次交涉結束之後，他又作〈痛定罪言〉、〈傷心之言〉二文。他不曾作過什麼悲苦的文字，然而這次他卻再也忍不住了！他說道：「吾固深感厭世說之無益於群治，恆思作壯語留余望以稍甦國民已死之氣。而吾乃時時為外境界所激刺，所壓迫，幾於不能自舉其軀。嗚呼！吾非傷心之言而復何言哉！」（〈傷心之言〉）

更重大的事件帝制運動，又使他受了極大的刺激。他對於這次的刺激，卻不僅僅以言論而竟以實際行動來應付他了。帝制問題其內裡的主動當然是袁世凱，然表面上則發動於古德諾的一篇論文及籌安會的勸進。這是乙卯（一九一五）七月間的事。梁氏便立刻著〈異哉所謂國體問題者〉一文，發表於《大中華》。梁氏在十年前，原是君主立憲論的主持者，然對於這次的政體變更，卻期期以為不可。他的理由在〈異哉所謂國體問題者〉裡說得又透澈，又嚴肅，又光明，又譏誚。他以為自辛亥八月以來，未及四年而政局已變更了無數次，「使全國民徬徨迷惑，莫知適從。」作帝制論者何苦又「無風鼓浪，興妖作怪，徒淆民視聽，而詒國家以無窮之戚」，並為袁氏及籌安會諸人打算利害，以為此種舉動是與「元首」以不利的。當時他亦「不敢望此文之發生效力。不過因舉國正氣銷亡，對於此大事無一人敢發正論，則人心將死盡，故不顧利害死生，為全國人代宣其心中所欲言之隱耳。」（以上引文皆錄自《盾鼻集》）他的此文草成未印時，袁氏已有所聞，曾託人以二十萬元賄之。梁氏拒之，且錄此文寄袁氏。未幾，袁氏又遣人以危辭脅喝他，說：「君亡命已十餘年，此種況味亦既飽嘗，何必更自苦。」梁氏笑道：「余誠老於亡命之經驗家也。余寧樂此，不願苟活於此濁惡空氣中也。」來的人語塞而退。這時，梁氏尚住在天津。他的從前的學生蔡鍔，革命後曾任雲南都督，這時則在北平。於是梁蔡二氏便密計謀實際上的反抗行動。在天津定好後此的種種軍事計畫，決議：雲南於袁氏下令稱帝後即獨立。二人並相約：「事之不濟，吾儕死之，絕不亡命。若其濟也，吾儕引退，絕不在朝。」他們便相繼祕密南下。蔡氏徑赴雲南，梁氏則留居上海。這一年十二月，雲南宣布獨立，進攻四川。廣西將軍陸榮廷則約梁氏赴桂，同謀舉義事。他說道：「君朝至，我夕即舉義。」許多人皆勸梁氏不要冒險前去，然他卻不顧一切的應召而去。丙辰（一九一六）三月，梁氏由安南偷渡到桂，時海防及其附近一帶鐵路，袁政府的偵探四布。梁氏避匿山中十日，不乘火車，而間道行入鎮南關。至則廣西已獨立。不久，廣東亦被迫而獨立。然廣東局面不定，梁氏冒險去遊說龍濟光，幾乎遇害。兩廣局面一定，他便復到上海，從事於別一方面的活動。這時才知道他的父親寶瑛，已於他間道入廣西時病歿了。這時，情形已大為轉變。浙江，陝西，湖南，四川諸省皆已獨立；南京的馮國璋也聯合長江各省謀反抗。正在這個時候，袁世凱忽然病死。於是這次的「護國戰爭」便告了結束。黎元洪繼任大總統，段祺瑞組織內閣，梁氏則實踐初出時的「絕不在朝」的宣言，並不擔任政務。然不久，卻又有一個大變動發生，又將梁氏牽入漩渦，使他再度第三期的政治生涯。

第三期是「復辟戰役」時代。當歐戰正酣時，中國嚴守中立，不表示左右袒的態度，雖日本在山東占領了好幾個地方，以攻青島，我們也只是如在日俄戰爭時代一樣的置之不見不聞。到了後來，德國厲行潛水艇海上封鎖政策，美國首先提出抗議。中國的抗議也繼之而提出。德國方面卻置之不理。於是中國便進一步而與德奧絕交，協約國極力勸誘中國也加入戰團。梁氏承認這是一個絕好的機會，可以增高中國在國際上的地位，並可以收回種種已失的權利，便極力的鼓吹對於德奧宣戰。他在大戰的初期，著

《歐洲大戰史論》及〈歐戰蠡測〉之時，雖預測德國的必勝，然在這個時候，他已漸漸的瞧透德奧兵力衰竭的情形了。在這個時候，黎元洪與段祺瑞已表示出明顯的政爭情態。實際上是總統與總理的權限之爭，表面上卻借了參戰問題，做政爭的工具，段氏主張參戰，黎氏則反對參戰。梁氏因段氏的主張與他自己的相投合，便自然的傾向到段氏一方面去。不幸這次的政爭愈演愈烈；參戰問題始終不能解決，而內政問題卻因黎氏的決然免去段職之故而引起了一段意外的波瀾。

段氏免職之後，繼之而有督軍團的會議，而有各省脫離中央的宣告，而有張勳統兵五千入北京，任調停之舉。這個「調停軍」的內幕，卻將黎段兩方都矇蔽了。原來，張勳此來，係受了康有為諸人的慫恿，有擁宣統復辟之意。黎氏固不及覺察，即段氏也不甚明白。直至張勳到了天津，復辟的空氣十分濃厚。他們才十分的驚惶。於是梁氏與熊希齡急急的欲謀補救，宣統復辟於六年七月初成事實。梁氏乃極力的遊說段祺瑞，要他就近起來反抗。馬廠誓師的壯舉，一半是梁氏所慫恿的。梁氏自己也於七月一日發表了一篇反對復辟的通電，持著極顯白的反抗態度。他陳說變更國體的利害，十分的懇切動人，較他的〈異哉所謂國體問題者〉一文尤為直捷痛切。他說：「苟非各界各派之人，咸有覺悟，洗心革面，則雖歲更國體，而於政治之改良何與者。若日建帝號則政自肅，則清季政象何若，我國民應未健忘。今日蔽罪共和，過去罪將焉蔽。況前此承守成餘蔭，雖委裘猶可苟安，今則師悍士狡，挾天子以令諸侯。謂此而可以善政，則莽卓之朝，應成那治。似斯持論，毋乃欺天！」這些話，都足以直攻復辟論者的中心而使之受傷致命的。梁氏又說：「啟超一介書生，手無寸鐵，舍口誅筆伐外，何能為役。且明知樊籠之下，言出禍隨，徒以義之所在，不能有所憚而安於緘默。抑天下固多風骨之士，必安見不有聞吾言而興者也。」然這事不必望之於他人，他自己便已投筆而興了，他自己已不徒實行著口誅筆伐，而且躬與於「討伐」之役了。這時，他與康有為已立於正面的對敵地位。自戊戌以後，梁氏與康氏便已貌合神離，為了孔教問題，也曾明顯的爭鬥過。而這次卻第二次為了政治問題而破臉了。梁氏自己相信他始終是一位政論家，不適宜於做政治上的實際活動。他非到於萬不得已的時候，絕不肯放下政論家的面目而從事於政治家的活動。這一次，與護法戰役之時相同，都是使他忍不住不出來活動的。他帶著滿腔的義憤，與段祺瑞會見於天津；他說動了段氏，舉兵入北平。在這時，似乎也只有段氏一個人比較的可以信託。其他的督軍軍人們都是首鼠兩端的。段氏的崛起，使張勳減少了不少的隨從。段氏便很快的得到了成功，撲滅了以張勳、康有為為中心的清帝復辟運動。張康等皆逃入使館區域。梁氏在政治上的成功這是第二次。他對於共和政體的擁護，這也是第二次。

段氏復任總理，黎氏退職，由副總統馮國璋就大總統任。段氏既復在位，對德奧宣戰，便於那一年的八月十四日實行。梁氏這次並不曾於功成後高蹈而去。他做了段內閣的財政總長（一九一七）。他很想發展他的關於財政上的抱負，然而在當時的局面之下卻不容他有什麼主張可以見之實施。不久，他便去職。經過這一次的打擊之後，他的七年來的政治生涯便真的告了一個終結。自此以後，他便永不曾再度過實際上的政治生活。自此以後，即自戊午（一九一八）冬直到他的死。便入於他的第二期的著述時代。

第二期的著述時代綿亙了十一年之久。這個時代，開始於他的歐遊。一九一八年歐戰告終，和會開始。抱世界和平的希望的人很多，梁氏也是其一。他既倦於政治生涯，便決意要到歐洲去考察戰後的情形。他於民國七年十二月由上海乘輪動身。他自己說：「我們出遊目的，第一件是想自己求一點學問，而且看看這空前絕後的歷史劇怎樣收場，拓一拓眼界。第二件也因為正在做正義人道的外交夢。以為這次和會，真是要把全世界不合理的國際關係根本改造立個永久和平的基礎，想拿私人資格將我們的冤苦，向世界輿論伸訴伸訴，也算盡一二分國民責任。」（《梁任公近著第一輯》卷上七十三頁）在船上，他本著第二個目的，曾做兩三篇文章，為中國鼓吹，其中有一篇是〈世界和平與中國〉，表示中國國民對於和平會議的希望。後來譯印英法文，散布了好幾千本。他在歐洲，到過倫敦，巴黎，到過西歐戰場，到過義大利，瑞士，還到過為歐戰導火線之一的亞爾莎士，洛林兩州。這一次的旅行，經過了一年多。民國九年春天歸國，他自己曾說起對於此行的失望，第一是外交完全失望了，他的出國的第二個目的，最重大的目的，已不能圓滿達到；第二是他「自己學問，匆匆過了整年，一點沒有長進。」在這一年中，真的，他除了未完篇的《歐遊心影錄》之外，別的東西一點也沒有寫；而到了回國以後所著作，所講述的仍是十幾年前《新民叢報》時代，或第一期的著述時代所注意，所探究的東西，一點也沒有什麼新的東西產生。此可見他所自述的一年以來「一點沒有長進」，並不是很謙虛的話。

然他回國以後所講述，所著作的東西，題材雖未軼出十幾年前《新民叢報》時代所探討的，在內容上與文字、體裁上卻已有了很大的不同了：第一，他如今所研究的較前深入，較前專門；已入於謹慎的細針密縫的專門學者的著作時期，而非復如從前那末樣的粗枝大葉，一往無前的少年氣盛的態度了。所以〈中國學術思想變遷大勢〉的一篇長文，在當時可以二三個月的時間寫成之者，如今則不能不慎重的從事；經過了好幾年的工夫，還只成了《清代學術概論》的一部（即《中國學術史第五種》）、《中國佛教史》（《學術史第三種》）則已半成而又棄去。他自己雖說「欲以一年內成此五部」（《清代學術概論》第二自序），然其他幾部卻始終不曾出現。其他著作也均有這樣的謹慎態度。第二，他的文字已歸於恬淡平易，不復如前之浩浩莽莽，有排山倒海的氣勢，窒人呼吸的電感力了。讀《新民叢報》的文字，我們至今還要感到一種興奮，讀近年來的梁氏文字，則如讀一般的醇正的論學文字，其所重在內容而不在辭章。第三，他的文章體裁也與從前有了一個很大的變化；從前他是用最淺顯流暢的文言文，自創一格的政論式的文言文，來寫他的一切著作的，在這個時代，他卻用當代流行的國語文，來寫他的著作了。此可見梁氏始終是一位腳力輕健的壯漢，始終能隨了時代而走的。

但很有些人卻說梁任公此後文字的不能動人，完全是因為他拋棄了他所自創的風格而去採用了不適宜於他應用的國語文之故。這當然是一種很可笑的無根的見解。以梁氏近七八年來的態度與見解，而欲其更波翻雲湧的寫出前十七八年的《新民叢報》時代的論文，怎麼還會可能的呢？且第二期的著述時代的作品也不盡是以國語文寫成的。溪水之自山谷陡降也，氣勢雄健，一往無前，波跳浪湧，水聲雷轟，一切山石懸岩，皆只足助其壯威，而不足以阻其前進；及其流到了平原之地，則聲息流平，舒徐婉曲，再也不會有從前那末樣的怒叫奔騰了。這便是年齡，便是時代，便是他本人的著作態度，使梁氏的文字日就舒徐婉曲的，並沒有什麼別樣的理由。

他從歐洲歸後，至民國十一年雙十節前，所著述的約有一百萬字。他自己曾在《梁任公近著第一輯》的序上統計過：「已印布者，有《清代學術概論》約五萬言，《墨子學案》約六萬言，《墨經校釋》約四萬言，《中國歷史研究法》約十萬言，《大乘起信論考證》約三萬言。又三次所輯講演集約共十餘萬言。其餘未成或待改之稿有《中國韻文裡頭所表示的情感》約五萬言，《國文教學法》約三萬言，《孔子學案》約四萬言，又《國學小史稿》，及《中國佛教史稿》全部棄卻者各約四萬言，其餘曾經登載各日報及雜誌之文，約三十餘萬言，輒輯為此論，都合不滿百萬言，兩年有半之精神，盡在是矣。」

此時以後的著作，則有《陶淵明》（單行）、《戴東原先生傳》、《戴東原哲學》、《人生觀與科學》、《近代學風之地理的分布》、《說方志》、《國學入門書要目及其讀法》等等。尚有《中國文化史》的未定稿一篇〈社會組織篇〉，亦已印行。

綜觀這個「第三著述時代」的梁氏的著作，其研究的中心有四。第一，是對於佛教的研究。這是他將十幾年前的〈中國學術思想變遷大勢〉中，關於佛教的一部分放大了的。他的《中國佛教史》雖未完成，然已有好幾篇很可觀的論文告畢的了；如在庚申（一九二〇）所寫的〈佛教之初輸入〉、〈千五百年前之中國留學生〉、〈佛教與西域〉、〈印度史蹟與佛教之關係〉、〈佛典之翻譯〉、〈翻譯文學與佛典〉等皆是；其所著意乃在於「佛教的輸入」史一部分。在這部分上，他的研究確是很深邃的，其材料也大都是他辛苦收集得來的。與前十幾年之稗販日本人的研究結果的文字完全不同。第二年（一九二一），他在南京東南大學講演，同時又到支那內學院，研究佛教經典。《大乘起信論考證》即作於是年。壬戌（一九二二），又寫了一篇〈印度與中國文化之親屬的關係〉，可以說是研究佛教的餘波。

第二，是對於先秦諸子的研究。這也是將《中國學術思想變遷》中關於先秦思想的一部分放大了的。然其研究的面目，與前也已十分的不同。庚申（一九二〇）年寫成的有《老子哲學》、《墨子年代考》、《墨經校釋》等，第二年（辛酉）又寫成《墨子學案》一書。梁氏對於《墨子》本來研究得很深，從前有過一部《墨學微》出版。這一次的研究，則「與少作全異其內容」。《先秦政治思想史》則出版於壬戌年。

第三，是對於清代學術思想的研究。這也是將〈中國學術思想變遷〉一文中關於清代學術的一部分加以放大的。在這一方面，他自己說：「余今日之根本觀念，與十八年前無大異同，唯局部的觀察，今視昔似較為精密。且當時多有為而發之言，其結論往往流於偏至；——故今全行改作，採舊文者什一二而已。」（《清代學術概論》自序）《清代學術概論》出版於庚申，是他對於清代學術的有系統的一篇長論，但多泛論，沒有什麼深刻的研究的結果。獨有對於康有為及他自己今文運動的批評，卻是很足以耐人尋味的。此外對於戴東原的研究也是他的一個專心研究的題目。《戴東原先生傳》、《戴東原哲學》、《戴東原著述纂校書目考》（皆作於癸亥），都是他研究的結果。又有《明清之交中國思想界及其代表人物》（甲子）及《顏李學派與現代教育思潮》（癸亥）亦可歸入這一類。

第四，是對於歷史的研究。這又是將十幾年前他所作的《新史學》等文放大的。關於這一方面，所作有《近代學風之地理的分布》（甲子）、《中國歷史上民族之研究》（壬戌）、《歷史統計學》（壬戌）、《中國歷史研究法》（壬戌）、《說方志》（甲子）等。《中國歷史研究法》是他的《中國文化史稿》的第一篇。他的《中國文化史》，其規模較他的《中國學術史》為尤大。除此作外，尚成有一部〈社會組織篇〉，唯未公開發表。

這些都是與他十幾年前的研究有很密切的關係的。所以我們可以說第二期著述時代的梁任公作品，都不過是第一期著述時代的研究的加深與放大而已。但也有一部分軼出於這個範圍之外；一是幾篇關於人生觀與科學（癸亥）的論文，二是幾篇對於中國詩歌的研究，如《屈原研究》、《情聖杜甫》、《陶淵明》、《中國韻文裡頭所表現的情感》（皆作於壬戌）等等。他的關於時事論文，這時所作很少。真可以說是實踐他前幾年在〈吾今後所以報國者〉一文中所說的「吾自今以往，不願更多為政譚。非厭倦也，難之，故慎之也。政譚且不願多作，則政團更何有」而未能實踐的話。

他在卒前的二三年，雖仍在清華學校講學不輟，然長篇巨著的發表已絕少。最後的幾年，可以說是他生平最銷沉的時代。這一半是因為他的夫人李氏在民國十六年得病而死，他心裡很不高興，一半也因為他自己有病，雖曾到北平的一家醫院裡割去過一隻內腎，而病仍未痊癒，最後還是因此病死去。他自己說：

我今年受環境的酷待，情緒十分無理。我的夫人從燈節起，臥病半年，到中秋日，奄然化去。她的病極人間未有之痛苦，自初發時，醫生便已宣告不治。半年以來，耳所觸的只有病人的呻吟，目所接的只有兒女的涕淚。喪事初了，愛子遠行，中間還夾著群盜相噬，變亂如麻，風雪蔽天，生人道盡。塊然獨坐，幾不知人間何世。哎，哀樂之感，凡在有情，其誰能免。平日意態活潑興會淋漓的我，這會嗒然氣盡了。（〈痛苦中的一點小玩意兒〉）

以後幾年，他的意緒似還未十分的恢復。但他究竟是一位強者，雖在這種「嗒然氣盡」的環境，仍還努力的工作著。他在病中還講學，還看書，還著書。臨死前的數月，專以詞曲自遣。擬撰一部《辛稼軒年譜》，在醫院中還託人去搜覓關於辛稼軒的材料。忽得《信州府志》等書數種，便狂喜攜書出院，仍繼續他的《辛稼軒年譜》的工作。然他的病軀已不能再支持下去了。今年一月十九日，梁氏便卒於北平醫院裡。《辛稼軒年譜》成了他的未完工的一部最後著作。

●三

每個人都有自知之明；然真能深知灼見他自己的病根與缺點與好處之所在的，卻不很多。每個人都能夠於某一個時候坦白披露他自己的病根，他自己的缺點，他自己的好處；然真能將自己的病根與缺點與好處分析得很正確，很明白，而昭示大眾，一無隱諱的，卻更不多。梁任公先生便是一位真能深知灼見他自己的病根與缺點與好處的，便是一位真能將他自己的病根與缺點與好處分析得很正確，很明白，而昭示大眾，一無隱諱的。世人對於梁任公先生毀譽不一；然有誰人曾將梁任公罵得比他自己所罵的更透澈、更中的的麼？有誰人曾將梁任公恭維得比他自己所恭維的更得體，更恰當的麼？一部傳記的最好材料是傳中人物的自己的記載，同此，一篇批評的最好材料，也便是被批評者對於他自己的批評。這句話，在別一方面或未能完全適合，然論到梁任公，卻是再恰當也沒有的了。

梁任公最為人所恭維的——或者可以說，最為人所詬病的——一點是「善變」。無論在學問上，在政治活動上，在文學的作風上都是如此。他在很早的時候曾著一篇

〈善變之豪傑〉（見《飲冰室自由書》），其中有幾句話道：「語曰，君子之過也，如日月之食焉，人皆見之，及其更也，人皆仰之。大丈夫行事磊磊落落，行吾心之所志，必求至而後已焉。若夫其方法，隨時與境而變，又隨吾腦識之發達而變，百變不離其宗。」他又有一句常常自誦的名語，是「不惜以今日之吾與昨日之吾宣戰」。我們看他，在政治上則初而保皇，繼而與袁世凱合作，繼而又反抗袁氏，為擁護共和政體而戰，繼而又反抗張勳，反抗清室的復辟；由保皇而至於反對復辟，恰恰是一個敵面，然而梁氏在六七年間，主張卻已不同至此。這難道便是如許多人所詬病於他的「反覆無常」麼？我們看他，在學問上則初而沉浸於詞章訓詁，繼而從事於今文運動，說偽經，談改制，繼而又反對康有為氏的保教尊孔的主張，繼而又從事於介紹的工作，繼而又從事於舊有學說的整理；由主張孔子改制而至於反對孔教，又恰恰是一個對面，然而梁氏卻不惜於十多年間一反其本來的見解。這不又是世人所譏誚他的「心無定見」麼？然而我們當明白他，他之所以「屢變」者，無不有他的最強固的理由，最透澈的見解，最不得已的苦衷。他如頑執不變，便早已落伍了，退化了，與一切的遺老遺少同科了；他如不變，則他對於中國的供獻與勞績也許要等於零了。他的最偉大處，最足以表示他的光明磊落的人格處便是他的「善變」，他的「屢變」。他的「變」，並不是變他的宗旨，變他的目的；他的宗旨，他的目的是並未變動的；他所變者不過方法而已，不過「隨時與境而變」，又隨他「腦識之發達而變」其方法而已。他的宗旨，他的目的便是愛國。「其方法雖變，然其所以愛國者未嘗變也。」凡有利於國的事，凡有益於國民的思想，他便不惜「屢變」，而躬自為之，躬自倡導著。唯其愛的是國，所以他生平「最愛平和憚破壞」（《盾鼻集．在軍中敬告國人》）。所以他在辛亥時代則怕因變更國體之故而引起劇戰，在民國元二年之交，則又「懼邦本之屢搖，憂民力之徒耗」而不惜與袁世凱合作。唯其愛的是國，所以他不忍國體屢更，授野心家以機會，所以他兩次為共和而戰，護國體，即所以護國家。唯其愛的是國，所以他竭力的說明保國與保教的不同，而力與他自己前幾年的主張相戰。他在〈保教非所以尊孔論〉的前面，有過一段小引：

> 此篇與著者數年前之論相反對，所謂我操我矛以伐我者也。今是昨非不敢自默。其為思想之進步乎，抑退步乎？吾欲以讀者思想之進退決之。

以梁氏思想與主張之屢變而致此譏誚的，我也不知道他們的思想到底是「進步乎，抑退步乎？」

梁氏是一位感覺最靈敏的人，是一位感情最豐富的人，所以四周環境裡一有顯著的變動，他便起而迎之，起而感應之。這又是他的「善變」的原因之一。例如，一件極小的事，前幾年的「人生觀與科學」的論戰，他的朋輩有一部分加入，他便也不由自主的而捲入這個爭論的漩渦中。前幾年有幾個人在開列著國學書目，在研究著墨子、戴東原、屈原、印度哲學，他便也立刻的引起了他所久已放棄了的研究這些題目的興致。

梁氏又是一位極能服善的人，他並不謬執他自己的成見；他可以完全拋棄了他自己的主張，而改從別人的。這大約又是他的「善變」的原因之一。他本治戴段王考證，及見康有為，則「盡棄所學而學焉」。到了日本之後，他見到日本人的著作，則又傾向於他們而竭力的去汲引了他們過來。當他中年以後，國語文的採用，成了必然的趨勢。雖然一般頑執者竭全力以反對之，他卻立刻便採用國語文以寫他的文章，一點也不吝惜的捨去了他的政論式（或策論的，或《新民叢報》式的），已成為一大派別的文體。這可見他的精神是如何的博大，他的見解如何的不黏著。

梁氏還有一個好處或缺點——大多數人卻以為這是他的最可詬病之缺點——便是「急於用世」，換一句話，說得不好聽一點，便是「熱中」。他在未受到政治上的種種大刺激之前，始終是一位政治家，雖然他曉得自己的短處，說是不適宜於做政治活動。然在七年十二月之前，那一個時候不在做著政治的活動，不在過著政治家的生涯。戊戌不必說，民元二年不必說，民五六七年不必說，即在留居日本的時候，辦《清議報》，辦《新民叢報》，辦《國風報》，還不都在做著政治活動麼？到澳洲，到美洲，到菲律賓，還不都在做著政治活動麼？即民七的到歐洲去，還不帶有一點政治的意味麼？《新民叢報》時代，論學之作雖多，然其全力仍注意在政治上。他自己有一段話最足以表現他的政治生涯的裡面：

吾二十年來之生涯，皆政治生涯也。吾自距今一年前，雖未嘗一日立乎人之本朝。然與國中政治關係，殆未嘗一日斷。吾喜搖筆弄舌，有所論議。國人不知其不肖，往往有樂傾聽之者。吾問學既譾薄，不能發為有統系的理想，為國民學術闢一蹊徑。吾更事又淺，且去國久，而與實際之社會閡隔，更不能參稽引中，以供凡百社會事業之資料。唯好攘臂扼腕以譚政治。政治譚以外，雖非無言論，然匣劍帷燈，意固有所屬，凡歸於政治而已。吾亦嘗欲借言論以造成一種人物，然所欲造成者，則吾理想中之政治人物也。（〈吾今後所以報國者〉）

唯其對於政治這樣的「熱中」，所以他一有機會，便想出來做一點事，為國家做一點事。政治上的活動人物，有兩種不同之型式，一種是革命者，一種是改良者。革命者有他的政綱，有他的主義，他是要徹底改革的，他是要徹底建設的。改良者則不然，他不見得有具體的政綱，不見得有一成不變的主義，他不想破壞現狀，他沒有打倒了一個舊的，創出一個新的之雄心，他只欲在現狀之下，使他盡量的改良，盡量的做一點好事。非萬不得已，他絕不肯去推翻已成的勢力。因為他相信有所憑藉而做事，每是犧牲最少而成功最易的。梁任公便徹頭徹尾是這樣的一位改良派的政治家。傳說中的伊尹，五就桀，五就湯，古傳中的孔子，一日不得其君，則惶惶然若不可終日，皆是這個型式中的人物。梁氏既是一位改良者，所以他在辛亥革命成功以前便反對革命而主張君主立憲；在袁世凱未露逆謀之前，便始終以為他還是可以與之為善的；在段祺瑞最無忌憚的時代，便也未覺得他是絕望了的。總之，他是竭力欲出來做一點好事的。現狀的能否根本推倒原是很邈茫的，所以還是就現狀之下，而力謀補助，力求改良，力求做一點好事，即僅僅是一點也是好的。像這樣的「熱中」下去，當然未免有「不擇人而友」之譏。然而他的心卻是熱烈的，卻是光明的，卻是為國的；即在與最不堪為伍的人為伍著時，我們也還該原諒他幾分。比之一事不做的處士，貪汙壞事的官吏，其善不肖為何如。何況梁氏也曾兩次的放下了他的改良者的面目，為正義自由，為國體人格而戰，已足一洗其政治上的溫情主義者或容忍主義者之恥呢！

四

在學術上，梁氏對於他自己的成就也有很正確的分剖與批判。他的話是那樣的坦白可喜，竟使我們無從於此外再讚一辭：

啟超之在思想界，其破壞力確不小，而建設則未有聞。晚清思想界之粗率淺薄，啟超與有罪焉。啟超常稱佛說，謂：「未能自度，而先度人，是為菩薩發心」；故其生平著作極多，皆隨有所見，隨即發表。彼嘗言：「我讀到『性本善』，則教人以『人之初而已』」；殊不思「性相近」以下尚未讀通，恐並「人之初」一句亦不能解；以此教人，安見其不為誤人。啟超平素主張，謂須將世界學說為無限制的盡量輸入。斯固然矣；然必所輸入者確為該思想之本來面目，又必具其條理本末，始能供國人切實研究之資；此其事非多數人專門分擔不能。啟超務廣而荒，每一學稍涉其樊，便加論列；故其所述者，多模糊影響籠統之談，甚者純然錯誤；及其自發現而自謀矯正，則已前後矛盾矣。平心論之，以二十年前思想界之閉塞委靡，非用此種鹵莽疏闊手段，不能烈山澤以闢新局；就此點論，梁啟超可謂新思想界之陳涉……啟超與康有為有最相反之一點，有為太有成見，啟超太無成見，其應事也有然，其治學也亦有然。有為常言：「吾學三十歲已成，此後不復有進，亦不必求進。」啟超不然，常自覺其學未成，且憂其不成，數十年日在旁皇求索中。故有為之學，在今日可以論定；啟超之學，則未能論定。然啟超以太無成見之故，往往徇物而奪其所守；其創造力不逮有為，殆可斷言矣。啟超「學問欲」極熾，其所嗜之種類亦繁雜；每治一業，則沉溺焉，集中精力，盡拋其他；歷若干時日，移於他業，則又拋其前所治者。以集中精力故，故常有所得；以移時而拋故，故入焉而不深。彼嘗有詩題其女令嫻《藝蘅館日記》云：「吾學病愛博，是用淺且蕪，尤病在無恆，有獲旋失諸。百凡可效我，此二無我如。」可謂有自知之明。（《清代學術概論》第一百四十七至一百四十九頁）

他因為「愛博」，所以不能專，不能深入，因為他「每一學稍涉其樊，便加論列」，所以「淺且蕪」的弊，也免不了。然而他究竟是中國「新思想界之陳涉」，雖未必有精湛不磨的成功，然他的篳路藍縷，以開荒莿的功績已經不小了。且他還不僅僅為一個陳涉而已，他的氣勢的闊大，規模的弘博，卻竟有點像李世民與忽必烈，雖未及建國立業，其氣勢與規模已足以駭人了。他在政治上雖是一位溫情主義的改良論者，野心一點也不大，然在學術上，他卻是一位虎視眈眈的野心家。他不動手則已，一動手便有極大的格局放在那裡；不管這個格局能否計劃得成功。他喜於將某一件事物，某一國學術作一個通盤的打算，上下古今的大規模的研究著，永不肯安於小就，作一種狹窄專門的精密工作。例如，他要論中國的學術，便寫了一篇〈中國學術思想變遷大勢〉，要論中國的民族，便寫了一篇〈歷史上中國民族之觀察〉，要對於「國學」有所講述，便動手去寫一篇《國學小史》，要對於中國民族的文化有所探究，便又動手去寫《中國文化史》。這些都是極浩瀚的工作，然而他卻一往無前的做去，絕不問這個工作究竟有無成功的可能。他的《中國學術史》，據他的計畫要分為五部分，其一：先秦學術，其二：兩漢六朝經學及魏晉玄學，其三：隋唐佛學，其四：宋明理學，其五：則為清學。他的《國學小史》為民九在清華學校的課外講演，五十次的講述，講義草稿盈尺。我們未見此稿，不知內容究竟如何，然即就其論墨子的一部分（已印行，即《墨子學案》）而觀之，已可想見其全書內容的如何弘博了。最可駭人的還有他的《中國文化史》的計畫，他為了要寫此書，特地先寫了一篇極長的敘論印行，名為《中國歷史研究法》。在他的已成的《中國文化史》本文的一小部分〈社會組織篇〉上，我們又見到他的《中國文化史》的全部計畫。這個文化史，範圍極為廣大，凡分三部，二十九篇，上自敘述歷史事實的〈朝代篇〉，下至研究圖書的印刷，編纂，收藏的〈載籍篇〉，凡關於中國的一切事物，幾無不被包括在內。現在且鈔錄其全目於下：

第一部

- 朝代篇（神話及史闕時代，宗周及春秋，戰國及秦，兩漢，三國南北朝，隋唐及五代，宋遼）
- 種族篇上（漢族之成分，南蠻諸族）
- 種族篇下（北狄諸族，東胡諸族，西羌諸族）
- 地理篇（中原，秦隴，幽并，江淮，揚越，梁益，遼海，漠北，西域，衛藏）
- 政制篇上（周之封建，秦之郡縣，漢之郡國及州牧，三國南北朝之郡縣及諸鎮，唐之郡縣及藩鎮，唐之藩屬統治法，宋之郡縣及諸使，元之行省及封建，明清之行省及封建，清之藩屬統治法，民國之國憲及省憲）
- 政制篇下（政樞機關之制度及事實上之沿革，政務分部之沿革，監察機關之沿革，清末及民國之議會，司法機關，政權旁落之變象）

■ 輿論及政黨篇（歷代輿論勢力消長概觀，漢之黨錮，宋之王安石及司馬光，明之東林、復社，清末及民國以來所謂政黨）

■ 法律篇（古代法律蠡測，自戰國迄清中葉法典編纂之沿革，漢律，唐律，明清律例及會典，近二十年制律事業）

■ 軍政篇（兵制沿革，兵器沿革，戰術沿革，歷代大戰比較觀，清末及民國軍事概說，海軍）

■ 財政篇（力役及物貢，租稅，專賣，公債，支出分配，財政機關）

■ 教育篇（官學及科舉，私人講學，唐宋以來之書院，現代之學校及學術團體）

■ 交通篇（古代路政，自漢迄清季驛遞沿革，現代鐵路，歷代河渠，海運之今昔，現代郵電）

■ 國際關係篇（歷代之國際及理藩，明以前之歐亞關係，唐以後之中日關係，明中葉以來之中荷中葡關係，清初以來之中俄關係，清中葉以來之中英中法關係，清末以來之中美關係）

第二部

▒ 社會組織篇（母系，婚姻及家族，宗法及族制，階級，鄉治，都市）

▒ 飲食篇（獵牧耕三時代，肉食，粒食，副食，烹飪，麻醉品，米鹽茶酒煙之特別處理）

▒ 服飾篇（蠶絲，卉服，皮服，裝飾，歷代章服變遷概觀）

▒ 宅居篇（有史以前之三種宅居，上古宮室蠡測，中古宮室蠡測，西域交通與建築之影響，室內陳設，城壘，井渠）

▒ 考工篇（石銅鐵器三時代，漆工，陶工，冶鑄，織染，車，舟，文房用品，機械，現代式之工業）

▒ 通商篇（古代商業概觀，戰國秦漢間商業，漢迄唐之對外商業，唐代商業，宋遼金元明間商業，恰克圖條約以後之對外商業，南京條約以後之對外商業，近代中國商業概觀）

▒ 貨幣篇（金屬貨幣以前之交易媒介品，歷代圜法沿革，金銀，紙幣，最近改革幣制之經過，銀行）

- 農事及田制篇（農產物之今昔觀，農作技術之今昔觀，荒政，屯墾，井田均田之興廢，佃作制度雜觀，森林）

第三部

- 言語文字篇（單音語系之歷史的嬗變，古今方言概觀，六書之孳乳，文字形體之蛻變，秦漢以後新造字，聲與韻，字母，漢族以外之文字，近代之新字母運動）
- 宗教禮俗篇（古今之迷信，陰陽家言及讖緯家言，道教之興起及傳播，佛教信仰之史的觀察，摩尼教，猶太教之輸入，回教之輸入，基督教之輸入及傳播，歷代祀典及淫祀，喪禮及葬禮，時令與禮俗）
- 學術思想篇上（古代學術思想之紹述機關，思想淵原，儒家經典之成立，戰國時諸子之勃興，西漢時儒墨道名法陰陽六家之廢興及蛻變，西漢經學，南北朝隋唐經學，佛典之翻譯，佛學之宗派，儒佛道之諍辯與會通，宋元理學之勃興，程朱與陸王，清代之漢學與宋學，晚清以來學術思想之趨勢）

■學術思想篇下（史學，考古學，醫學，曆算學，其他之自然科學）

■文學篇（散文，詩騷及樂府，詞，曲本，小說）

■美術篇（繪畫，書法，雕塑，建築，刺繡）

■音樂篇（樂律，古代音樂蠡測，漢後四夷樂之輸入，唐之雅樂清樂燕樂，唐宋間樂調之變化，元明間之南北曲，樂器，樂舞，戲劇）

■載籍篇（古代書籍之傳寫裝演，石經，書籍印刷術之發明及進步，活字板，漢以來歷代官家藏書，明以來私家藏書，類書之編纂，叢書之輯印，目錄學，製圖，拓帖）

《中國文化史》究竟是不是這樣的編著方法，我們且不去管他；即我們僅見此目，已知他的著書的膽力之足以「吞全牛」了。但因為他的規模過於弘偉之故，所以他的著作，往往是不能全部告成的；《中國文化史》固已成了「廣陵散」，即比較規模較小的《中國學術史》也因了此故而迄不能成功。這當然是很可悼惜的事。在這一方面，我們不禁要想起了著《通志》的鄭樵。鄭樵的野心正與梁氏不相上下；他的《通志》，恰好是《中國文化史》的一個絕妙的對照。然而鄭樵卻成功了；梁氏則半因愛博無恆，半因「屢為無聊的政治活動所牽率，耗其精而荒其業」，終於成了一個未能成功的鄭夾漈！我們在此，不僅為梁氏惜，也要為中國學術界惜。這部大著作假如告成，即使有了千萬則的缺漏以及一切的蕪淺，對於中國讀者也是極有益的；他所要做到的至少是將專門的學問通俗化了，是將不易整理就緒的材料排比得有條理了。這樣的一部書，即在今日或明日專門學者如林的時代也不會全失去他的讀者的。

● 五

最後，我們還應該提到他在文學上的成功。我在上文已經說起過，他是一位最好的新聞記者。日報上的時論未必可存，新聞記者的文章，搆得上文學史的齒及的也很不多見。然而最好的新聞記者，卻往往同時是一位上等的文學者，像愛迭生（Addison），像麥考萊（Macaulay），像威爾斯（H. G. Wells）諸人都是這樣。梁任公先生當然也是這種少數的新聞記者中的一位。梁氏在他的《飲冰室文集》第一次出版時，曾有一序，很謙抑的說起像他那樣的時論是不足存的。他說道，「吾輩之為文，豈其欲藏之名山，俟諸百世之後也，應於時勢，發其胸中所欲言。然時勢逝而不留者也，轉瞬之間悉為當狗。況今日天下大局，日接日急，如轉巨石於危崖，變異之速，匪翼可喻。今日一年之變率，視前此一世紀猶或過之，故今之為文，只能以被之報章，供一歲數月之遒鐸而已。過其時則以覆瓿焉可也。」然他雖是這樣的自謙，他的散文卻很有可存的價值；時代過去了，他所討論的問題已不成問題了。然而他的《變法通議》諸作至今讀之，似還有一種動人的魔力。這便是他的散文可存的一個要證。他在《清代學術概論》上對於他自己的文字，也有一段很公平的批判：

> 啟超夙不喜桐城派古文；幼年為文，學晚漢魏晉，頗尚矜煉；至是自解放，務為平易暢達，時雜以俚語韻語及外國語法，縱筆所至不檢束；學者競效之，號新文體。老輩則痛恨，詆為野狐。然其文條理明晰，筆鋒常帶情感，對於讀者別有一種魔力焉。

（一百四十二頁）

他的散文，平心論之，當然不是晶瑩無疵的珠玉，當然不是最高貴的美文，卻另自有他的價值。最大的價值，在於他能以他的「平易暢達，時雜以俚語韻語及外國語法」的作風，打倒了所謂懨懨無生氣的桐城派的古文，六朝體的古文，使一般的少年們都能肆筆自如，暢所欲言，而不再受已僵死的散文套式與格調的拘束；可以說是前幾年的文體改革的先導。在這一方面，他的功績是可以與他的在近來學術界上所造的成績同科的。黃遵憲在詩歌方面，曾做著這種同樣的解放的工作，然梁氏的影響似為更大，這因散文的勢力較詩歌為更大之故。至於他的散文的本身，卻是時有蕪句累語的；他的魔力足以迷惑少年人，一過了少年期，卻未免要覺得他的文有些淺率。他批評龔自珍的文說，「初讀《定庵文集》，若受電然。稍進乃厭其淺薄。」這種考語，許多批評者也曾給過梁氏他自己。

梁氏所作，以散文為主，詩歌不很多；連詞、曲、傳奇總計之，尚不及一冊。他根本上不是一位詩人。然他的詩歌也自具有一種矯俊不屈之姿，也自具有一種奔放浩莽，波濤翻湧的氣勢，與他的散文有同調。他喜歡放翁的詩，稼軒的詞，而他的詩詞也實際的很受他們的影響。姑舉一首〈志未酬〉為例：

> 志未酬，志未酬；問君之志幾時酬？志亦無盡量，酬亦無盡時。世界進步靡有止期，吾之希望亦靡有止期；眾生苦惱不斷如亂絲，吾之悲憫亦不斷如亂絲。登高山復有高山，出瀛海更有瀛海。任龍騰虎躍以度此百年兮，所成就其能幾許。雖成少許，不敢自輕，不有少許兮，多許奚自生。但望前途之宏廓而寥遠兮，其孰能無感於餘情。吁嗟乎，男兒志兮天下事，但有進兮不有止。吾志已酬便無志。

本文以此詩為結束，並不是偶然的；「男兒志兮天下事，但有進兮不有止」這兩句詩已足夠批評梁氏的一生了。

一九二九年二月作於上海。

電子書購買　　爽讀 APP

國家圖書館出版品預行編目資料

中國文學研究（文學雜論篇）：要新、要方法、要價值！鄭振鐸對新時代文學的看法與研究建議 / 鄭振鐸 著 . -- 第一版 . -- 臺北市：崧燁文化事業有限公司 , 2023.10
面；　公分
POD 版
ISBN 978-626-357-703-9(平裝)
1.CST: 中國文學 2.CST: 文學評論 3.CST: 文集
820.7　　112015352

中國文學研究（文學雜論篇）：要新、要方法、要價值！鄭振鐸對新時代文學的看法與研究建議

臉書

作　　者：鄭振鐸
發 行 人：黃振庭
出 版 者：崧燁文化事業有限公司
發 行 者：崧燁文化事業有限公司
E-mail：sonbookservice@gmail.com
粉 絲 頁：https://www.facebook.com/sonbookss/
網　　址：https://sonbook.net/
地　　址：台北市中正區重慶南路一段六十一號八樓 815 室
Rm. 815, 8F., No.61, Sec. 1, Chongqing S. Rd., Zhongzheng Dist., Taipei City 100, Taiwan
電　　話：(02) 2370-3310　　　傳　　真：(02) 2388-1990
印　　刷：京峯數位服務有限公司
律師顧問：廣華律師事務所 張珮琦律師

定　　價：299 元
發行日期：2023 年 10 月第一版
◎本書以 POD 印製
Design Assets from Freepik.com